NOTICE

SUR LA VIE ET LES TRAVAUX

D'ÉTIENNE MARTELLANGE

ARCHITECTE DES JÉSUITES

(1569-1641)

D'APRÈS DES DOCUMENTS INÉDITS CONSERVÉS AU CABINET DES ESTAMPES
DE LA BIBLIOTHÈQUE NATIONALE,

SUIVIE

DU CATALOGUE DE SES DESSINS

PRÉCÉDEMMENT ATTRIBUÉS A FRANÇOIS STELLA

PAR

HENRI BOUCHOT

Extrait de la *Bibliothèque de l'École des chartes*,

t. XLVII, 1886.

PARIS

1886

NOTICE

SUR LA VIE ET LES TRAVAUX

D'ÉTIENNE MARTELLANGE

ARCHITECTE DES JÉSUITES

(1569-1641)

D'APRÈS DES DOCUMENTS INÉDITS CONSERVÉS AU CABINET DES ESTAMPES DE LA BIBLIOTHÈQUE NATIONALE.

I.

Le Cabinet des estampes de la Bibliothèque nationale conserve deux gros volumes in-folio reliés en maroquin rouge[*], inscrits au catalogue sous le nom de François Stella, peintre lyonnais du XVIIᵉ siècle, et renfermant 175 vues diverses, dessinées assez habilement en camaïeu ou à l'encre de Chine. Un examen sommaire montre à quelle préoccupation obéissait le dessinateur. La plupart de ces vues tiennent en effet de près ou de loin aux maisons d'éducation fondées en France dans le commencement du XVIIᵉ siècle par la compagnie de Jésus ; on y retrouve des collèges entiers, pendant ou après leur construction, comme ceux de la Flèche, de Dijon ou de Roanne ; des prieurés dépendant de ces collèges ; des villes présentées sous deux ou trois aspects différents ; toutes ces esquisses soigneusement datées d'ailleurs et ne permettant pas d'admettre François Stella comme leur auteur probable. Né en 1563, ce peintre était mort à la date précise de quelques-uns de ces croquis. Aussi avons-nous voulu un autre nom à inscrire en tête du précieux recueil, et nous sommes-nous

apprêté à contredire le titre du xviii° siècle pompeusement calligraphié en tête du volume[1].

Alors que nous cherchions à débrouiller l'écheveau, nous fûmes amené par notre service à communiquer le recueil dit de Stella au P. de Rochemonteix, qui prépare une histoire du collège de la Flèche. Nous lui fîmes part de nos doutes, et, lui-même ayant douté, il nous nomma Étienne Martellange comme l'auteur possible de nos dessins. Martellange, c'est l'architecte autorisé de la célèbre compagnie, pour toute la période qui va de la rentrée des Jésuites en France à la mort de Louis XIII. M. Charvet, de Lyon, avait d'ailleurs publié sur lui un long travail bourré de renseignements et de faits, une de ces notices dont on peut dire qu'il est difficile de faire mieux[2]; voyages, documents consultés, notes communiquées, renseignements pris un peu partout, M. Charvet n'avait rien omis ni rien négligé; il ne s'était arrêté que devant le manque absolu de documents, et pourtant son jugement très sûr lui faisait souvent soupçonner la vérité, comme nous aurons occasion de le voir dans la suite de cette étude. Dès les premières pages de son livre, nous n'aurions point hésité à attribuer la paternité de notre recueil à l'architecte en titre des Jésuites, à Martellange. La plupart des édifices pour lesquels M. Charvet reconnaît son ingérence directe ou indirecte se trouvent précisément mentionnés et dessinés d'année en année, dans le prétendu album de Stella. Il y a telle œuvre incontestée de Martellange, le Noviciat des Jésuites à Paris, par exemple, qui occupe justement la première place dans le recueil. L'auteur en montre les bâtisses à peine sorties de terre, les travaux divers, il y met les dates mêmes auxquelles Martellange y avait travaillé, suivant les meilleures sources, de 1630 à 1634. Quelle preuve plus convaincante en eût-on voulue?

Et pourtant, en continuant la lecture du livre de M. Charvet, nous devions rencontrer mieux encore. Après avoir montré l'architecte des Jésuites devenu vieux, se réfugiant dans un travail moins pénible et consacrant à la peinture et au dessin ses dernières années, M. Charvet en vient à parler de deux gros volumes

1. *Recueil contenant plusieurs veues de villes, bourgs, abbayes, châteaux et autres endroits particuliers de France, dessinés d'après nature par F. Stella.* Ce titre est écrit dans un frontispice gravé, découpé pour la circonstance.

2. *Biographies d'architectes. Étienne Martellange, 1569-1641,* par E.-L.-G. Charvet. Lyon, Glairon-Mondet, 1874, in-8°, 240 pages.

conservés dans la galerie du duc de Chaulnes au xviiie siècle, et qui avaient été prêtés au comte de Caylus lors de ses travaux d'archéologie. Caylus les mentionne dans le tome III de ses *Antiquités*, il écrit page 356 : « M. le duc de Chaulnes a bien « voulu me confier deux grands volumes in-folio, qu'il conserve « dans son cabinet, et qui sont *remplis des desseins que le* « *père Martel-Ange a faicts d'après nature,* dans les diffé- « rents endroits de la France où ses affaires l'ont conduit. Ce « frère Jésuite, célèbre par le bâtiment du noviciat de Paris, est « fidèle dans ses desseins; ils ne sont pas de mauvais goût; « mais ce qu'ils ont de plus intéressant, c'est qu'ils ont été faits « dans le commencement du dernier siècle (le xviie). L'accrois- « sement et la différence que l'on remarque, dans quelques-unes « des grandes villes dont il a dessiné les vues, présente un objet « d'étonnement et de curiosité, surtout à l'égard de Paris. » — Caylus avait pris dans les croquis de Martellange quatre vues antiques, la *Pyramide* de Vienne en Dauphiné, le monument dit *des Deux-Amants,* à Lyon, la *porte Saint-André,* à Autun, et la *porte d'Arroux* dans la même ville. Or, ces quatre monu- ments se trouvent dans le recueil de la Bibliothèque nationale, fol. 91, 92, 118, 133 et 134, et ce sont eux que le comte de Caylus a copiés [1].

Aucun doute n'est possible maintenant. Les deux volumes du duc de Chaulnes existent encore, comme le présumait M. Charvet sans les avoir jamais vus. « Nos recherches pour les trouver, « écrivait-il, n'ont pas abouti. Cette notice apprendra peut-être « un jour à leur possesseur qu'il a entre les mains un recueil « précieux, surtout pour la ville de Lyon » (page 211).

Les voilà retrouvés, mais à la suite de quelles vicissitudes ont- ils quitté le cabinet du duc de Chaulnes pour arriver à la Biblio- thèque nationale avec leur étiquette de Stella? Nous croyons que la Révolution les conduisit en Angleterre, où ils durent appartenir à un sir Edward Astle, qui y mit son ex-libris. Achetés par M. Hennin, à qui le Cabinet des estampes est aujourd'hui redevable d'une précieuse collection sur l'histoire de France [2], ils furent cédés le 24 juin 1840 à la Bibliothèque royale, suivant

---

1. Dans les *Antiquités* de Caylus, ces planches portent les n°s 100, 101, 97, 95 et 96.

2. Le catalogue de cette collection a été dressé par M. Georges Duplessis, conservateur du Département des Estampes. Paris, Picard, 1877-1884. 5 v. in-8°.

ce que nous apprennent les registres d'acquisition. Ils prirent rang très modestement, affublés de leur nom d'emprunt, devenus de véritables anonymes, jusqu'à ces temps derniers.

Par une singulière coïncidence, le même Cabinet des estampes possède un recueil, autrement précieux encore et autrement utile, et non moins inconnu, provenant également des Jésuites, mais des Jésuites de Rome, de la grande maison, et vendus à la suite de la suppression de l'Ordre en 1772[1]. Dans l'année 1773, M. Le Bailli de Breteuil achetait au collège romain cinq volumes in-folio reliés en papier à dos rouge, et portant en titre : « Piante « di diverse fabriche. » Ces *Plans de diverses fabriques*, pour traduire mot à mot le titre, ne sont autres que tous les plans ou projets relatifs aux constructions des collèges de Jésuites dans le monde entier. A côté des maisons d'Autriche, de Pologne, d'Italie, d'Espagne, sont reliés et classés les projets concernant tous les collèges français des cinq provinces, de Paris, de Champagne, de Lyon, de Toulouse et d'Aquitaine. Là se retrouvent à chaque pas les dessins si personnels et si nets du frère Étienne Martellange, annotés de sa fine écriture, soit en latin, soit en italien ou en français. Car l'usage était — comme aujourd'hui encore — que le général des Jésuites reçût à Rome tous les plans et en fît faire la critique ; ils revenaient approuvés ou non, et suivant l'occurrence étaient suivis ou rejetés. C'est en feuilletant ces curieuses archives que l'on comprend bien le mot du P. Rybeyrète, l'historien de la compagnie, sur Étienne Martellange : « Omnia prope collegia « ædificavit, pleraque etiam templa, inter quæ longe eminet « templum domus probationis Parisiensis[2]. » De M. de Breteuil les plans passèrent-ils dans le cabinet du comte d'Artois ? Cela est probable, car ce fut le premier architecte du prince, M. Bellanger, qui les remit aux Estampes le mardi 18 mars 1788. Catalogués dans l'inventaire sous ce titre : *Recueil des maisons, églises, etc., qui appartenaient à la société des Jésuites avant leur abolition*, les cinq volumes prirent rang sur les rayons, et personne ne s'en occupa plus[3].

Ils méritaient mieux, on le verra. Avec les renseignements qu'ils fournissent, avec ceux du recueil provenant du duc de

1. Il ne paraît pas qu'aucun auteur se soit jamais servi de ce recueil et l'ait cité.
2. Ms. du P. Rybeyrète (*Scriptores Provinciæ Franciæ S. J. collecti.* 1670). Note communiquée par le P. de Rochemonteix.
3. Ils portent aujourd'hui les cotes Hd 4 à Hd 4 d, soit cinq volumes.

Chaulnes, M. Charvet eût fait un travail définitif sur Martellange ; mais en leur absence, il ne pouvait qu'être très incomplet. Notre but est précisément de donner dans cette notice tous les détails qui lui ont échappé, et qui se trouvent en grand nombre et dans les prétendus dessins de Stella, et dans les plans des Jésuites. On verra quelle part grande le modeste coadjuteur temporel, — pour donner à Martellange son véritable titre, — sut se faire dans l'architecture française des règnes de Henri IV et de Louis XIII. Sans doute, il y a beaucoup à dire des monuments créés par lui sur un type un peu uniforme, massif et souvent sans grâce, mais il lui faut tenir compte du moment où il était venu. Imbu des théories de Vignole, nourri des principes d'architecture puisés à Rome, il inonda la France d'églises lourdes et froides, mais non sans puissance, dont le plus grand nombre se voient encore. A ce compte il n'est pas mauvais de compléter le travail de M. Charvet dans la mesure du possible, espérant qu'une nouvelle édition de son livre deviendra définitive à l'aide de nos remarques.

Mais, avant de donner la liste des collèges et des églises auxquels Martellange collabora, il n'est pas inutile de rappeler brièvement quelles furent les origines du célèbre architecte. Né à Lyon en 1568 du peintre Étienne Martellange, maître des métiers de la corporation, Étienne Martellange fit, avec ses deux frères Benoît et Olivier, profession aux Jésuites. Il entra dans l'ordre en 1590, à Avignon, en qualité de *coadjuteur temporel,* titre qu'il ne quitta jamais, bien que ses deux frères fussent prêtres de la compagnie. Nous croyons qu'il alla à Rome vers cette époque, et qu'il y habita probablement jusqu'en 1603 ou 1604, date de ses premiers travaux. Pernetti le fait visiter Rome avec François Stella en 1576, sans s'inquiéter autrement de la vraisemblance. Né en 1568, Martellange eût eu huit ans environ ; quant à François Stella, né vers 1563, il fût entré dans ses quatorze ans. Ce sont là des histoires dont on s'inquiète peu lorsqu'on se donne la peine de vérifier les textes. Une preuve morale du séjour prolongé de Martellange en Italie, c'est la facilité avec laquelle il s'exprime en italien. Il y aurait bien à ce fait une autre cause si l'hypothèse de M. Charvet était vraie, à savoir que les Martellange étaient d'origine italienne, et que leur vrai nom était Martelenchi. Mais les tendances artistiques du jeune architecte en disent plus long encore : il a vu les églises romaines, il s'est élevé dans cet art à la mode du jour, et il rentre en France rempli d'impressions et chargé probablement d'esquisses et de plans, dont il comptait bien faire son profit en faveur de l'œuvre. On était alors en 1603, époque à laquelle les pères Jésuites, longtemps inquiétés, revenaient de toutes parts avec leurs idées si arrêtées et si définies en matière d'enseignement, leurs projets gigantesques, leur précision mathématique au point de vue des établissements à construire, des églises à élever. Tout naturellement, Martellange fut choisi comme un auxiliaire précieux dans la province de Lyon, et, bientôt, eu égard à la pratique que lui donnèrent les constructions répétées, il devint une manière d'inspecteur directeur des travaux, dont la réputation s'étendit bientôt dans les provinces voisines, jusqu'à Paris, à Rouen, à Rennes même.

C'est alors que le tour de France commença sérieusement pour lui et qu'il consigna, au fur et à mesure de ses voyages, ses impressions sur un album. Courant à cheval les villes éloignées, aujourd'hui à Vienne en Dauphiné, demain à Dijon ou à Dole, il note au passage l'état des établissements entrepris, souvent même une vue de la ville, qui lui sera plus tard un souvenir agréable. Dans les plans qu'il dresse et qu'il envoie à la censure de Rome, il met tour à tour ses remarques en français, en latin, en italien, sans être plus empêché dans un cas que dans l'autre; il en agit de même avec ses pages d'album, où le latin et le français se mêlent.

Il est certain d'ailleurs que Martellange terminait ses dessins chez lui à tête reposée. Il prenait sur sa route un croquis rapide au crayon, et rentré au logis il passait ce dessin à l'encre, l'enjolivait, mettant parfois des arbres feuillus dans un paysage de janvier, sans plus de souci. Au commencement de ses travaux, il employait la couleur bleue pour laver ses esquisses, plus tard il prit la sépia ou l'encre de Chine, si bien que ces différences peuvent, jusqu'à un certain point, servir à dater une vue ou un plan. Vers 1620, l'encre de Chine devient chez lui d'un usage à peu près constant.

Son art était modeste; les maisons y avaient la part belle, cela va de soi; le paysage était souvent défectueux. Pourtant, il dépassait de beaucoup en habileté les autres artistes topographes du temps, Claude Chastillon, entre autres, dont les vues maladroites, aujourd'hui si recherchées, ne valent que par leur nombre et leur côté naïf. Un autre coureur de routes, dessinateur d'occasion, était un nommé de Weert, dont les dessins embryonnaires sont aujourd'hui conservés dans la collection d'Uxelles, à la Bibliothèque nationale[1]. Ni l'un ni l'autre n'approchent de Martellange; il voit précis, sinon élégant et habile. Chastillon et de Weert ne voient pas du tout.

Dans ses travaux pratiques, Martellange ne manifeste aucun orgueil; il fait et défait ses plans, remanie, taille et retaille sans murmure. Parfois il risque au P. Général une supplique. Il voudrait qu'on se hâtât, parce que les habitants sont mécontents des retards. Pour lui, il ne discute pas. Hiérarchiquement, il dépend du P. Provincial de Lyon, c'est à lui qu'il obéit, celui-ci le prête et le dirige. Un jour que Henri IV réclame Martellange directement au P. Provincial pour le faire envoyer à la Flèche, l'architecte reçoit un petit avertissement de son supérieur, probablement parce que le roi le traitait un peu trop en puissance, et le proclamait « insignem architectum et pictorem » (peintre et architecte remarquable[2]). Ceci se passait en 1606, au début du coadjuteur temporel, après ses premiers travaux du Puy, de Vienne et de Sisteron; sa réputation, on le voit, n'avait pas tardé à s'étendre au loin.

Dans son livre, M. Charvet a pu déterminer la part exacte prise par Martellange dans la construction de huit maisons ou collèges de Jésuites, qui sont celles du Puy, de Vienne, de Moulins, de Vesoul, de Dijon, de la Flèche, du Noviciat de Paris et de Roanne. Pour quelques autres il doute; à l'aspect général des plans ou à la disposition des bâtisses, il soupçonne la vérité, mais il ne formule que des hypothèses. L'examen des deux sources de renseignements dont nous disposons nous permettra d'ajouter un grand nombre de ces maisons à celles indiquées par M. Charvet, en même temps que nous aurons à compléter ses renseignements sur les autres. Sans doute, nous aussi, nous omettrons plusieurs travaux du célèbre architecte. Durant sa vie

1. Il se nommait Joachim de Weert ou Duwiert et eut quelques planches gravées d'après ses dessins par un nommé Philippe Millot. Ces dessins assez nombreux sont dans le volume Vx 23 de la collection dite d'Uxelles, aux Estampes de la Bibliothèque nationale.

2. *Lettre du P. Coton au Général des Jésuites Aquaviva.* « De F. Martelangio « audiverat Rex ipsum insignem esse architectum et pictorem, quare operi « Flexiensi illum adesse exoptaverat, et in eum finem ad P. Provincialem scrip- « serat. Cum vero id nonnullis videam displicuisse, quasi per me rex impesseret « ad statuendum de nostris, dissuasi adventum juxta mentem, voluntatem et « *admonitionem* dicti Reverendi Patris (Provincialis). » — (24 juillet 1606.)

errante, il s'arrêtait dans les abbayes, dans les châteaux en l'absence d'hôtelleries. Pour payer sa bienvenue, nous nous imaginons volontiers Martellange donnant à ses hôtes le projet de quelques réparations urgentes, de bâtiments à élever à la place de monuments ruineux. C'est ainsi qu'il lève le plan de N.-D. des Baumes[1], qu'il dessine une vue de l'abbaye de Bourgueil, sans compter les autres. Avec sa facilité énorme et son incroyable intuition des êtres d'une demeure, il lui coûtait bien peu de donner des conseils et d'indiquer la marche des travaux futurs.

Après trente années de labeurs incessants, Martellange se retira au Noviciat des Jésuites de Paris, dont nous parlerons ci-après. Il s'y adonna à des ouvrages de dessin et de peinture, dit M. Charvet. Nous placerions l'époque de sa retraite en 1637, car, à ce moment, il termina plusieurs croquis de voyage dans son album, entre autres une vue intérieure de l'église de Roanne faite la quatrième année de la construction, soit en 1620, et qu'il date du 8 juillet 1637[2]. D'autres vues portent : « achevé en 1637, » ce qui est explicite[3].

Il mourut le 3 octobre 1641, et fut inhumé dans l'église du Noviciat, où durent rester ses études jusqu'au milieu du xviiie siècle. Quand les acheta le duc de Chaulnes? vraisemblablement à cette époque, car, lorsqu'il les montra à Caylus, les Jésuites n'avaient point été condamnés ni dispersés ; le troisième volume des *Antiquités* étant de 1759 et les Jésuites ayant été chassés en 1763, les recueils de Martellange avaient donc quitté la compagnie avant les arrêts du Parlement. Ils avaient d'ailleurs subi des mutilations. La collection topographique du Cabinet des estampes conserve, dans le volume de la ville d'Avignon, deux dessins de Martellange arrachés du recueil avant qu'il ne passât chez le duc de Chaulnes ; comme ils sont de la dimension exacte des autres, qu'ils sont conçus dans le même mode de procéder, il n'y a pas l'ombre d'hésitation possible[4].

1. Il donne le plan et la vue de N.-D. des Baumes en 1605 (Ub 9 a, fol. 152). C'est la seule vue du recueil accompagnée d'un plan donnant la disposition des lieux.

2. Ub 9 a, fol. 105.

3. Le dernier dessin de Martellange est daté de 1639 (Ub 9, fol. 72).

4. Dép. des Est. Topographie de Vaucluse. *Avignon.* Une vue générale et une vue du collège portant : « Partie du collège d'Avignon. »

II.

TRAVAUX DIVERS D'ÉTIENNE MARTELLANGE.

Additions au travail de M. Charvet.

Les notices qui vont suivre s'appuieront seulement sur le recueil Ub 9 et Ub 9 a des estampes composées par Martellange, et sur les plans de sa main, trouvés par nous dans les cinq volumes achetés à Rome par M. de Breteuil en 1773. Nous ne reviendrons pas sur l'histoire de la fondation des collèges après M. Charvet; pour ceux qu'il n'a point mentionnés et décrits, nous lui laisserons le soin d'en faire l'histoire dans une seconde édition de son ouvrage.

COLLÈGE DU PUY (1605)[1]. (*Charvet, page* 23.)

On voit par les actes publiés dans le livre de M. Charvet qu'Étienne Martellange avait donné en février 1605 le projet de l'église des Jésuites de cette ville. Nous croyons que ce plan est celui qui est intitulé *Pianta e alsato de la chieza del collegio del Puy, al R. P. Assistente il P. Ludovico Richeomo*, sans date, et conservé dans l'un des volumes de M. de Breteuil (*Estampes*, Hd 4 b, fol. 226). Les travaux ne furent pas sans causer de nombreux ennuis au jeune architecte ; après avoir fourni les mesures de fondation, en 1605, il fut envoyé une seconde fois au Puy par le P. Provincial, en 1607, pour y surveiller la construction. Cette date, donnée par M. Charvet, concorde avec les dessins de notre recueil. En effet, le 11 mai 1607, Martellange fait une vue de la ville du Puy (*Estampes*, Ub 9 a, fol. 135 et 138). Puis il revient plus tard, à la suite de difficultés avec l'entrepreneur Charpignac. Le 4 août 1616, il avait ordonné, dans une lettre citée par M. Charvet, de pousser les murs à leur hauteur avant de commencer les voûtes ; or, ses prescriptions ont été suivies, car, les 27 et 28 février 1617, il est de retour au Puy et il dessine soigneusement l'église en œuvre, qui est en effet arrêtée aux voûtes (*Est.*, Ub 9 a, fol. 139). Ces derniers dessins sont curieux en ce qu'ils donnent fort exactement l'état des travaux en 1617, et qu'ils sont d'une assez bonne facture.

---

1. Les dates placées à la droite du nom de la ville indiquent l'époque à laquelle Martellange a commencé ses travaux.

Les Polignac étaient les bienfaiteurs du collège du Puy : Étienne Martellange esquisse leur château bâti en nid d'aigle au faîte d'une roche. Il date son croquis du 24 février 1617, et il écrit : « Le château de Polignac, proche la ville du Puy. » (Ub 9 a, fol. 142.)

Collège de Vienne (1605). (*Charvet, page* 44.)

Martellange collabora aux constructions du collège de Vienne dès 1605. A cette époque, il envoyait à Rome au P. Général un projet, qui était un quadrilatère à peu près régulier, dans lequel l'église occupait l'angle inférieur de droite. Le titre portait : *Pianta del collegio di Vienna nel Delfinato, provincia di Lione, in Francia, fatta l'anno* 1605 (Hd 4 b, fol. 251). L'année suivante, il en refait un autre, également destiné à Rome, *Per la pianta del collegio di Vienna in Francia, fatta l'anno* 1606, et, dans ce nouveau plan, il discute la place du réfectoire dont il a, dit-il, parlé au P. Provincial. Ses remarques sont également en italien, langue qu'il emploiera de moins en moins, au fur et à mesure de son avancement en âge. Il faut présumer que ce plan annoté était de 1606, car il prend sur son album, à ce moment même, une vue détaillée de la ville de Vienne avec ses monuments, sa porte du pont très fortifiée, et les collines avoisinantes, et il la date : « Vienne », *11 jul. 1606* (Ub 9 a, fol. 130). Treize ans plus tard, il est revenu dans la ville, et, le 20 janvier 1619, il dessine les environs de l'église, probablement du haut d'un toit d'où il découvre l'ensemble (Ub 9 a, fol. 131, 132). Il prend aussi le même jour un croquis de la célèbre pyramide, que Caylus devait graver plus tard dans son livre des *Antiquités* et qui nous a servi à retrouver l'auteur du recueil jusqu'ici attribué à Stella (Ub 9 a, fol. 134).

Quoi qu'il en soit de ces travaux, l'église n'était pas commencée encore en 1623, bien que Martellange eût exécuté d'abord une vue complète du portail, sur laquelle une main contemporaine avait écrit : « Desseing d'Estienne Martellange, » puis une élévation de l'intérieur avec la même mention, ces deux dessins datés d'avril 1623 (Hd 4 b, fol. 247 et 248). En 1625, on en était encore à s'entendre sur la construction définitive. Une pièce de Martellange, datée de 1625, et portant en titre *Collegii Viennensis ichnographia* 1625, montre l'édifice inachevé ; or, une note manuscrite mise au bas dit positivement : *Hanc ideam approbavit admodum reverendus pater Generalis 2 februarii* 1626. *Ita est. Christophorus Baltazar*[1] (Hd 4 b, fol. 253).

D'après M. Charvet, l'église ne fut terminée qu'en 1659, dixhuit ans après la mort de Martellange. Les travaux avaient duré un peu plus de cinquante-trois ans.

Collège de Sisteron (1605).

M. Charvet écrit, page 189 de son livre : « Nous n'avons rien « pu obtenir à l'égard de Sisteron ; il est presque impossible que « Martellange n'ait pas apporté son concours. » D'un autre côté, plusieurs auteurs ne mentionnent même pas le nom de Sisteron parmi les collèges et les églises des Jésuites. Or, rien n'est plus probant que nos renseignements à ce sujet. En 1605, Martellange dressa le plan des futures constructions, et il l'annota pour le P. Général : *Pianta del collegio di Sisteron fatta l'anno* 1605 *in Gullio.* Les remarques qu'il y a placées nous renseignent un peu sur la manière de procéder. La façade de la chapelle aura au moins dix cannes, etc. Tout l'ensemble sera revu et repris, avant de procéder à la maçonnerie.

Martellange demande, toujours en italien, qu'on retourne le dessin déjà envoyé par lui à Rome l'année d'avant (1604), pour le comparer au nouveau, et faire les additions nécessaires. Il supplie, en outre, le P. Général de ne pas différer son visa et ses critiques « perche sonno ja doi anni passati che gli habitanti anno spettato la commodità nostra » ; sans doute, on le voit, les habitants se plaignaient des lenteurs apportées à l'édification de leur collège, et l'architecte en recevait des reproches (Hd 4b, fol. 202).

A cette demande pressante, le P. Général dut répondre assez vite, car Martellange est à Sisteron en 1606 ; il prend plusieurs vues de la ville dans son album de voyage, et les constructions du collège adossé aux vieux murs se voient dans toutes. Les fondations sont alors sorties de terre (Ub 9 a, fol. 156). Dans un croquis postérieur, probablement de 1607 ou 1608, qu'il intitule « Sisteron et commencementz du collège » (fol. 157), les murailles sont à la hauteur du premier étage, et les maçons sont occupés à faire

---

1. Christophe Baltazar était le provincial de Lyon.

le mortier dans les cours intérieures. Toutefois, il n'est pas question encore de l'église ; là comme dans beaucoup d'autres collèges, c'est elle qui est bâtie la dernière.

COLLÈGE DE CARPENTRAS (1607). (*Charvet, page* 65.)

M. Charvet montre Martellange travaillant à Carpentras en 1607, et critiquant les travaux précédemment faits.

L'album de voyage de notre architecte renferme deux vues de la ville, d'ailleurs non datées (Ub 9 a, fol. 161), et une autre de Caromb, petite ville du Comtat, qui, elle, porte la date de 1607, le 9 juillet (*Ib.*, fol. 162). Cela concorde bien avec l'époque de ses premières études à Carpentras, car il fait deux plans cette année même : *Seconda pianta del collegio di Carpentras* 1607 (Hd 4 c, fol. 129) et *Terza pianta del collegio di Carpentras* 1607 (*Ibidem*). Sur le dos de cette pièce, on lit *Prima idea collegii Carpentoracensis reprobata* 16 *julii* 1612. On voit, par ces citations, quelle part l'architecte avait prise à la construction du collège, sinon dans l'exécution, au moins dans les devis.

L'église fut édifiée assez tard vers 1628. M. Charvet pense que l'on se servit des plans de Martellange, à cause de l'identité de ce monument avec celui du Noviciat de Paris. Nous croyons qu'il n'en est rien ; ce bâtiment, dans les projets de notre artiste, ne ressemblait en rien à celui du Noviciat.

COLLÈGE DE LA TRINITÉ DE LYON (1607). (*Charvet, page* 131.)

En dépit de sa naissance et du séjour de sa famille à Lyon, Martellange ne paraît pas s'être beaucoup inquiété de l'établissement d'instruction [1]. Toutefois, il se trouve dans sa ville natale à l'époque des agrandissements de la maison des Jésuites, en juin 1607, et il dresse ses plans : « Desseing du college de Lion, faict en juin 1607 » ; au dos on lit : *Idea collegii Lugdunensis anni* 1607 *missa a Stephano Martellange in Mart.* 1618 (sic) ? (Hd 4 b,

---

1. Citons à titre de renseignement un plan du collège, avec notes très détaillées, daté de 1576 (Hd 4 a, fol. 225).

fol. 149). Que peut bien signifier cette seconde date, mise sur un devis de dix ans plus ancien ? Il faut reconnaître qu'en 1618, Martellange était bien à Lyon, puisqu'il y dessine une vue de l'île Barbe le 12 juin (Ub 9 a, fol. 121). Mais l'île Barbe était la seule chose qui l'intéressât dans la ville, car il la prend en 1608 (*Ib.*, fol. 125), en 1609(*Ib.*, fol. 122), en 1616(*Ib.*, fol. 121) et en 1618. Il relève le 2 février 1619, au moment des travaux du collège, le tombeau dit *des deux amants*, que Caylus a gravé d'après lui (*Ib.*, fol. 118). Quant au collège lui-même, il le passe sous silence.

NOVICIAT DE LYON (1617). (*Charvet, page* 201.)

« Ce n'est certainement pas trop s'aventurer, dit M. Charvet, « que d'admettre que Martellange dirigea les constructions exé- « cutées par les Jésuites, pour leur maison de probation au novi- « ciat de Sainte-Hélène à Lyon. » Toutefois, M. Charvet n'avait rien trouvé de convaincant, et Martellange non plus n'a rien laissé dans son recueil de vues dessinées qui permît de reconnaître son ingérence dans les travaux en question.

C'est dans les volumes achetés par M. de Breteuil que nous avons rencontré les preuves d'une collaboration sérieuse de sa part, en 1617, l'année même où il surveillait les travaux préparatoires de Roanne. En juin, il leva les plans des bâtiments construits pour le noviciat, et il intitula ce dessin : *Ichnographia domus probationis Ludunensis* (sic) *prout se habet anno* 1617 *mense Junii* (Hd 4 c, fol. 26). Cette *idée*, pour employer l'expression même de Martellange mise sur le revers du papier, fut approuvée à Rome au mois de novembre, et aussitôt l'architecte renvoya un autre plan, probablement celui du folio suivant (*Ibidem*, fol. 27), où se voient les élévations lavées de bleu, d'après la méthode alors employée par lui. La construction se présentait sous forme de deux corps de bâtiments reliés par un portique, et donnant au midi sur de grands jardins. Dans ces esquisses, l'église n'existait pas. Martellange confectionna aussitôt un autre projet, où elle reçoit sa place à gauche du portique, en regardant les jardins : *Ichnographia domus probationis Lugdunensis facta anno* 1617 *mense Junio* (Hd 4 b, fol. 150), et dans le même temps il fait à part une vue de ce monument, avec les élévations diverses de la façade, de l'autel et de l'un des côtés intérieurs (*Ibidem*, fol. 151).

On voit que M. Charvet n'avait point tort de supposer dans l'ensemble une œuvre de Martellange ; s'il ne construisit pas absolument la maison, il en fut à tout le moins l'inspirateur et le directeur.

L'église et le bâtiment furent détruits après 1831.

Nous ajouterons volontiers à ces renseignements, sur le passage de notre artiste à Lyon, une vue de l'église des Chartreux, dessinée par lui à la sanguine dans le recueil Ub 9 a, fol. 120. Les Chartreux s'étaient installés en 1585 sur l'emplacement de la citadelle. On y construisit un couvent et une chapelle vers le commencement du XVIIᵉ siècle. Plus tard, on y éleva l'édifice qui se voit encore aujourd'hui, et qui est à l'intérieur dans les données de Saint-Paul-Saint-Louis. Nous signalerons aussi une vue de la maison des Carmélites, dessinée en avril 1616 (*Ibidem*, fol. 119), et dont l'église avait, en 1682, un portail jésuitique élevé par Dorbay. Martellange avait-il travaillé à ces deux monuments ? nous ne saurions le dire, d'autant que, n'étant pas des maisons de Jésuites, les plans ne s'en retrouvent pas dans les volumes acquis par M. de Breteuil.

Collége et Noviciat d'Avignon.

Le noviciat des Jésuites à Avignon dut précéder le collège. Martellange était en 1608 dans le Comtat, et il esquisse dans ses vues un ensemble du collège avec sa tour (Ub 9 a, fol. 173). Il prend en même temps un aspect de l'église du noviciat « lorsqu'on « la bastissoit » (*Ibidem*, fol. 170). Elle se composait d'une nef assez courte, avec voûte et lanterne sur pendentifs. Dans les vieux plans d'Avignon où elle se trouve indiquée, elle porte le nom de *Novitial*.

En 1609, Martellange était encore employé dans la ville, car il en dessine une vue (Ub 9 a, fol. 172), mais ce ne fut guère qu'en 1617 qu'il s'occupa sérieusement du collège. Le 3 janvier 1617, il débute par une vue générale d'Avignon (Ub 9 a, fol. 171). Deux autres croquis poussés à l'encre de Chine et datés, eux aussi, de 1617, ont été détournés de son album, et, venus à la Bibliothèque nationale, ils ont été classés dans la *Topographie de la France* (Avignon), comme nous le disions ci-dessus. En février, il commence les plans ou les projets. L'un d'eux porte en titre :

« Desseing du collège d'Avignon, fait le 11 febvrier 1617 » (Hd 4 c,
fol. 15). Un autre, conservé au folio suivant, renferme cette note
de la main de Martellange : « second plan du collége d'Avignon,
faict le 11 [febvrier] 1617. »

Toutefois, les travaux devaient être commencés depuis longtemps déjà, car, dès le 6 janvier 1617, il avait délimité les terrains
et les bâtisses de l'établissement « comme il se retreuve en l'année
1617, le 6 janvier » (Hd 4 b, fol. 155). Mais l'ouvrage n'allait point
assez vite. En 1619, le 6 juin, un autre plan partait pour Rome,
seulement il n'était pas de Martellange ; il portait modestement
de la main du provincial de Lyon : *si tamen hanc ideam nec-
non sequendam putabit* [*R. P. Generalis*] *iterum moneat*
(Hd 4 b, fol. 156 et s.). M. Charvet ne dit rien d'Avignon.

Collège de Dole (1610). (*Charvet, pp.* 28 *et* 188.)

Pour Dole, M. Charvet ne fournit guère qu'une lettre du
14 février 1610, dans laquelle Martellange explique ainsi son
passage à Dole : « Je receus les lettres la sepmaine passée à Dole
« et depuis suis venu à Besançon où j'estime demeurer encore
« environ quinze jours, et me doibz rendre à Dijon au plus tost
« pour assister leurs fabriques. »
Nous aurons occasion de retrouver Martellange à Dijon,
comme il l'écrit, mais auparavant voyons un peu son passage à
Dole et cherchons à y surprendre sa collaboration aux travaux
du collège. Et d'abord, son album de voyage nous offre de
précieuses indications, et concorde absolument avec la lettre citée
plus haut. Martellange était bien à Dole en janvier 1610, car il
donne au folio 82 une esquisse sur laquelle il écrit : « Du college de Dole le 10 janvier 1610, à Dole. Partie du collège. »
Voilà, nous le croyons, une preuve péremptoire de son séjour, et
voilà aussi la constatation d'existence de l'établissement. L'église
y est construite, elle porte sur les tuiles, avec le monogramme du
Christ, le millésime 1599, qui devait être la date de la couverture
(fol. 81) (voir Ub 9, fol. 79, 81, 82). Elle avait été commencée en
1591, comme on le voit dans le registre Hd 4 b, fol. 143 et 144, et
non en 1590, comme le dit M. Charvet ; mais elle n'était point
terminée, et Martellange dut en faire modifier les plans, car, dans
Hd 4 b, fol. 142, il soumet au P. Général un projet où il donne
l'élévation de l'église construite, et le plan de ce qui doit se faire

ultérieurement[1]. Il intitule ce dessin : *Ichnographia e alsato del collegio di Dole fatto gennaro l'anno* 1610 (Voir aussi les plans en français, fol. 147 et 148).

Collège de Besançon (1610).

Martellange disait, dans une lettre précédemment citée, qu'il était venu à Besançon après avoir quitté Dole. Cette lettre, portant la date du 14 février 1610 et la mention de Besançon, est des plus précises. Dans son recueil de vues de villes, notre architecte n'a pas manqué de donner un croquis sommaire, lavé au bleu, du collège, installé alors dans un grand bâtiment carré, flanqué de quatre pavillons d'angles, qu'il intitule : « Veue d'une « partie du college de Bezançon. *Pars ecclesiæ collegii Bizun-* « *tini societatis Jesu. Reliquii pars prospectus urbis* « *anno* 1610 *mense februarii* » (Ub 9, fol. 77). L'église dont il est parlé, et dont on ne voit que la petite abside, est à proprement dire une chapelle provisoire qui ne fut pas conservée. Quant à la collaboration de Martellange, nous n'avons pu la découvrir. Un plan daté du 26 avril 1604, et signé du P. Antoine Dufour, depuis mort à Rouen, et enterré en 1612 dans la chapelle du collège[2], nous montre ce Jésuite occupé aux bâtiments, et correspondant même directement à ce sujet avec le P. Général Aquaviva (Hd 4 a, fol. 134). Il ressort des réflexions du P. Dufour que l'église était projetée, et qu'on avait reçu des dons pour la construire, mais il y avait des empêchements venus des gouverneurs de la ville et de M. de Thoraise (*Ibidem*).

Le Collège de Vesoul (1610). (*Charvet, p.* 72.)

Nous avons à ajouter quelques renseignements à ceux que M. Charvet publie sur le collège de Vesoul, et nous avons aussi une petite rectification à y faire. Il est dit dans les *Historiæ societatis Jesu*, citées par lui p. 72, que le collège fut décidé en

---

1. Partant de cette date, ne pourrait-on attribuer à Martellange l'église du prieuré de Jonvelle, qui dépendait du collège de Dole (voir ci-après au dernier article)?

2. Antoine Dufour, jésuite, né vers 1556, mort en 1612 à cinquante-six ans, après vingt-deux ans de profession. Enterré à Rouen dans la chapelle du collège. (Note communiquée par le P. de Rochemonteix.)

1591 sous l'influence « de l'un des principaux citoyens, gouverneur de la ville, » traduisant ainsi : « primarius civis, regius in curia procurator. » C'est le procureur du roi au bailliage d'Amont, et non le gouverneur, qu'il eût fallu dire.

Le passage de Martellange à Vesoul coïncide avec son voyage à Besançon, Dole et Dijon ; mais, entre son arrivée à Vesoul et à Dijon et son départ de Besançon, il était retourné à Roanne, où nous le voyons dessiner, le 11 mai, le prieuré de Riorges, qui dépendait du collège (Ub 9 a, fol. 110). Les archives de la Haute-Saône conservent dans la série D (art. 31) un plan daté du 5 août 1610, double d'un autre annoté en italien, et conservé aux Estampes dans les registres achetés par M. de Breteuil. Ce dernier est intitulé : *Ichnographia overo pianta dal collegio di Vesoul, fatta l'anno* 1610 *al 5 di agosto* (Hd 4 b, fol. 196). M. Charvet assure que Martellange fit un autre plan en 1613 ; nous ne l'avons point retrouvé ; en revanche, nous avons un aspect d'ensemble de Vesoul dessiné par lui durant un séjour en 1615[1] (Ub 9 a, fol. 143). Il signa un papier de construction cette année même, au mois de décembre ; il y a tout lieu de croire que son passage à Vesoul et son esquisse sont de cette date. (Voir la curieuse pièce citée par M. Charvet, p. 77. Elle est conservée aux archives de la Haute-Saône, série D, art. 31.)

L'église du collège n'a jamais été bâtie, bien qu'elle fût portée sur les devis : ce qui en tient lieu aujourd'hui dans le lycée est une petite chapelle manquant d'apparence, sorte de chambre, sans destination dans le principe.

Collège de Dijon (1610). (*Charvet, p. 81.*)

M. Charvet savait vaguement, par la correspondance citée plus haut à propos du collège de Dole, que Martellange avait dû travailler à Dijon ; toutefois, il n'a pu rencontrer nulle part une mention prouvant sa collaboration. Tout ce qui ressort de la lettre du 14 février 1610, c'est la visite probable de Martellange à Dijon en 1610, époque où l'église et le collège se trouvaient en chantier. Nous avons été plus heureux. En 1585, un plan, vu depuis par Martellange et annoté de sa main, avait été envoyé à Rome et en était

---

1. « Aspect de Vesoul du clos des cappucins, 1615. » Les capucins touchaient au terrain offert par les habitants de Vesoul pour la construction du collège.

revenu, mais n'avait pas été suivi dans son ensemble (Hd 4, fol. 192). Il était, si l'on en croit la note manuscrite «del'architetto del duca di Maine », de l'architecte du duc de Mayenne. Plus tard, Martellange en critiqua les dispositions « devant qu'on ait rien « basti » (fol. 193). Mais d'autres personnes avaient, elles aussi, manifesté leur opinion sur ces projets. Au verso du plan conservé au fol. 192, on lit d'une écriture du temps, qui ne paraît pas être celle de Martellange : « Divers desseins du college avec le por- « tail et l'église. — Il falloit faire ce dessein icy envoyé, ce qu'on « n'a pas fait. *Parcat illis Dominus per quos stetit!* » Quelles étaient ces influences frondeuses ? L'histoire nous apprend incomplètement d'où venaient les luttes intestines ; ce ne fut guère qu'en 1588 qu'elles furent apaisées (Charvet, p. 83).

Après leur exil momentané, les Jésuites rentrèrent en France, et reprirent à Dijon les travaux commencés. Martellange vint sur les lieux comme il nous le dit, dans le courant de l'année 1610 ; mais, s'il promettait en février de s'y trouver bientôt, il n'y sera qu'en septembre, à son retour du collège de Roanne. Le 29 septembre, le voici à Saint-Appollinaire, dans la maison du célèbre Tabourot, sieur des Accords, un des satiriques les plus connus de la fin du xvie siècle, et il prend sur son album deux dessins différents de ce domaine. Toutefois, il ne néglige point l'objet essentiel de son voyage. Le 23 septembre 1610, il dessine l'église du collège couverte jusqu'au transept, mais dont le chœur est encore à construire : *Prospectus ecclesiæ collegii Divionensis et progressus ædificii ejusdem anno* 1610, 23 *septembris*, écrit-il sur son dessin à la plume lavé de bleu (Ub 9, fol. 67), et cette représentation est une des meilleures du recueil. On y voit que l'on n'a pas encore démoli toutes les maisons gênant l'œuvre ; des toits contournés se trouvent au premier plan et attendent l'avancement des travaux pour complètement disparaître.

Les bâtiments des cours sont aussi avancés ; ils tiennent à la partie de l'église déjà construite dont nous parlions tout à l'heure, ils viennent mieux s'y engager. C'est la cour intérieure avec les classes : *Prospectus areæ collegii Divionensis anno* 1610 22 *septembris*, où plusieurs ouvriers conduisent en grande hâte les travaux pressants (Ub 9, fol. 61).

Martellange paraît avoir eu cette construction fort à cœur, et son album est rempli de vues diverses de la ville, dont les dates nous renseignent sur ses passages successifs. Ainsi, revenu en août 1611, il prend des « aspects » de Dijon, et donne un croquis assez poussé de la cour du collège. Cette fois, on a déjà installé le cadran solaire sur le pignon de l'église; Martellange montre aussi le corps de bâtiment perpendiculaire à la chapelle, et la cour à peu près dans son ensemble. Il date et explique son dessin : *Area collegii Divionensis* [*anno*] 1611, *mense augusti*. C'est la précision même, comme on le voit, d'autant que son croquis est un des meilleurs qu'il ait faits (Ub 9, fol. 63).

Le 15 janvier 1614, Martellange est de nouveau à Dijon. Cette fois, il reprend l'église, à peu près comme dans son premier dessin. Il ne paraît pas qu'elle ait beaucoup avancé : elle est encore à demi bâtie; seulement un campanile polygonal a été placé sur la toiture (*Ibidem*, fol. 56). Il revient en 1615 et dessine Saint-Michel, le 29 septembre (*Ib.*, fol. 60).

Le premier travail technique que nous trouvions de Martellange sur le collège de Dijon est un plan explicatif en deux couleurs, donnant l'état des travaux vers 1618. Il porte en titre de la main de notre architecte : *Ichnographia overo pianta del collegio di Dijone come si ritrova al presente anno* 1618 (Hd 4, fol. 191). Dans le plan conservé au même recueil, fol. 193, nous avons vu que le projet primitif de l'église était celui de l'architecte du duc de Mayenne. Les mesures seules avaient été changées par Martellange, suivant ce qu'il indique de sa main (Hd 4, fol. 193).

Il ne s'était pas contenté de dessiner dans son album la maison des Jésuites. Nous l'avons déjà trouvé prenant des croquis de la maison de Tabourot, de Saint-Michel; il faut y ajouter Notre-Dame de Dijon, en 1610; les Chartreux, la maison de campagne du collège, en juillet 1611 (Ub 9, fol. 69); Fontaine, patrie de saint Bernard, en septembre 1611 (*Ib.*, fol. 75) ; Cîteaux, en 1613 (*Ib.*, fol. 76), etc., etc.

COLLÈGE DE ROANNE (1610). (*Charvet, p.* 103.)

Avec Dijon, c'est Roanne qui paraît avoir le plus occupé Martellange; il y revient, il en date de nombreuses esquisses, il est à Roanne les 10 et 13 mai 1610, puisqu'il en dessine des vues d'ensemble (Ub 9 a, fol. 99 et 100). Venu à Dijon pour le mois de septembre, il est de retour à Roanne le 31 décembre 1610, et il prend plusieurs croquis de la maison donnée aux Jésuites par le frère du père Coton, M. de Chenevoux (*Ibid.*, fol. 111, 112).

Bien que fondé seulement en 1611, le collège avait déjà son existence assurée, lorsque Martellange y vint pour la première fois. Aussitôt les lettres de fondation obtenues, il ne perd pas de temps; il dessine une vue à vol d'oiseau de la maison donnée par M. de Chenevoux; il en montre soigneusement les limites : « Perspective de la maison de M. de Chenevoux à « Roanne, pour une résidence de la Compagnie de Jésus, 1611. » C'étaient d'ailleurs de bonnes relations que celles de l'architecte des Jésuites avec le frère du père Coton. Quand le généreux donateur voulut bien faire continuer à ses frais les travaux d'aménagement de l'hôtel dont il avait fait don, il réserva à Martellange d'édifier une église « grande et capable et la sacristie » (Charvet, p. 105); suivant l'habitude, les constructions ne marchèrent point très vite. Martellange fournit définitivement ses plans en 1617, en les limitant sur le terrain nouvellement acquis (Hd 4 b, fol. 211).

M. Charvet dit : *il paraît* que l'église fut commencée en 1617. Voilà qui laisse un peu de doute, mais il n'en subsistera plus quand nous aurons mentionné les croquis de l'album de voyage.

Ici, Martellange n'omet rien, et il note de mois en mois les progrès. Sur l'une des vues on lit : « Première année de la « bâtisse de l'églize du collège de Roanne. *Ecclesia collegii* « *Roannensis* 16 *decembris* 1617 » (Ub 9 a, fol. 102). Les travaux avaient suivi les plans de très près, comme on le voit; quant à la date, elle est établie d'une façon péremptoire, on ne pouvait espérer mieux.

Chaque année, l'architecte revenait à sa besogne favorite; soit qu'il habitât d'ordinaire à Roanne, soit qu'il y retournât par goût, il suivait la bâtisse pas à pas. En 1618, l'œuvre est plus avancée, il note ce progrès dans un croquis du 29 août (*Ibidem*, fol. 103), il le note encore le 5 août 1619, dans la « troisiesme année de la bâtisse » (*Ib.*, fol. 104), puis en 1620, dans la quatrième année ; mais il ne terminera le dessin pris à la hâte que le 8 juillet 1637, à Paris, dans sa retraite (fol. 105), comme il terminera celui de la cinquième année (fol. 101). En 1621, l'église était élevée presque aux voûtes, mais il paraît que l'on douta de pou-

voir voûter le chœur. Le 25 janvier 1621, Martellange, étant à
Roanne, comme il l'inscrit lui-même sur un petit croquis de l'élévation intérieure du monument, prouve la possibilité de ce travail, et une main amie écrit au revers du plan cette mention
péremptoire : « Martellange prouve que le chœur de l'église de
« Roanne peult estre voulté, 25 janvier 1621 » (Hd 4 b, fol. 208).

L'édifice en question existe encore. M. Charvet, qui l'a vu, en
donne une description, p. 108 de son ouvrage.

Martellange avait été en rapports constants avec Jacques
Coton, sieur de Chenevoux, pendant la durée de l'entreprise. Il
garde précieusement dans son album deux croquis du château
du fondateur (Ub 9, fol. 21 et 22). Il prend aussi au passage
une petite bourgade fortifiée, Nérondes, où était né le P. Coton
(Ub 9 a, fol. 129). Rien donc ne le touchait davantage que cette
maison, si rapprochée de Lyon, où étaient ses relations de
famille et ses intérêts, et il le prouve dans cette suite d'études
si particulièrement étudiées et « parfaites ».

Collège de Bourges (1611).

M. Charvet ne paraît même pas soupçonner le passage de
Martellange à Bourges, et pourtant le collège de cette ville le
retint longtemps. Dès 1611, il avait dressé un devis, conservé dans
les mss. de M. de Breteuil (Hd 4 a, fol. 232). Un autre plan,
peut-être de lui, avait été envoyé à Rome, approuvé par le Général en 1612, et retourné en France. Cependant, à en croire la note
manuscrite du verso, il n'aurait eu qu'un succès d'estime ; on y
lit en effet : « Il n'a esté suivy en rien. »

En 1615, notre architecte vient en personne à Bourges et il
signe et date une nouvelle étude faite sur le terrain : « Ichnogra-
« phie et plan pour le collège de Bourges, faict par Estienne Mar-
« tellange sur le lieu le 7 mars 1615 » (Hd 4 b, fol. 137). Ce fut
vraisemblablement vers cette époque qu'il orna son album de
voyage de dessins nombreux d'après les sites parcourus. Il fait
même une esquisse du collège de Bourges, alors en construction,
qu'il désigne seulement par ces mots : « Du collège de Bourges, »
mais sans date (Ub 9, fol. 47). Un autre jour, c'est la maison de campagne des Pères, à Lazenay (*Ibidem*, fol. 48), et une
vue de Bourges en revenant de ce village : « Aspet de la ville
« de Bourges retournant de Lassenet » *(Ibidem*, fol. 42). Ce fut

avec beaucoup de modifications le plan de 1615 qui prévalut. Les cuisines, le réfectoire étaient en construction pendant l'année 1620. Les changements de détails font qu'une note manuscrite, d'apparence plausible, indique ce projet comme n'ayant pas été suivi. Nous le retrouvons toutefois en 1621, en élévation, avec une note de Martellange : *Orthographia œdificii novi collegii Bituricensis societatis Jesu, delineata anno* 1621. *Prospectus orientis versus hortum* (Hd 4 d, fol. 45).

Martellange dessina plusieurs monuments de Bourges, mais sans fixer de date. Il prit ainsi la cathédrale (Ub 9, fol. 43 et 45), la sainte chapelle (*Ibidem*, fol. 46), sans compter le collège, dont nous avons parlé déjà, etc. .

COLLÈGE DE LA FLÈCHE (1612). (Charvet, p. 88.)

Le P. de Rochemonteix, qui prépare une histoire de la Flèche, mettra à profit les documents récemment découverts par nous, et saura mieux qu'un autre leur faire dire ce qu'ils contiennent. Pour l'instant, nous nous contenterons d'analyser les nombreuses pièces que nous avons retrouvées, soit dans le recueil Ub, soit dans les plans des Jésuites.

Nous relevons en passant une inexactitude. Il est dit dans les histoires du collège que le roi envoya en 1612 Martellange à la Flèche. Nous avons eu occasion de mentionner ci-devant la lettre du P. Coton au P. Aquaviva, où l'on peut voir que le roi de France n'avait pas sur les Jésuites une autorité bien grande, car un provincial lui-même pouvait refuser ou permettre le départ de son architecte, sans recours. La vérité est que Marie de Médicis revint à la charge en 1611 et obtint probablement l'autorisation précédemment refusée. Toutefois, une partie des bâtiments était déjà debout, et Martellange n'était guère appelé que pour l'église. Il arrive dans les premiers jours du mois de février ; dès ce temps, il enrichit son album de notes de voyage. C'est à Luché qu'il s'arrête d'abord, « Luché, prioré du collège de La Flèche, le « 2 février 1612 » (Ub 9, fol. 27). En juin, plus de quatre mois après, il donne un plan général du collège avec coupe et élévation des plus curieuses (Hd 4 b, fol. 170). Entre temps, il parcourt la ville et y prend des points de vue ; la ville entière (Ub 9, fol. 24 et 25), une porte ancienne (*Ib.*, fol. 26), un moulin (fol. 31), sans compter bien entendu les diverses faces du collège en construction (fol. 28, 29, 32, 33) ; le dernier croquis porte la date 9 *julii* 1612. Martellange était donc encore à la Flèche en juillet, et avait passé plus de six mois à surveiller l'œuvre.

Les plans donnent des détails très circonstanciés sur la construction de l'église ; nous éviterons de les déflorer trop, laissant au P. de Rochemonteix le soin de les analyser comme ils le méritent. Citons seulement dans le recueil Hd 4 b les folios 171, 186, 194 et 195, ce dernier contenant un plan à vol d'oiseau daté de 1612.

Ces renseignements sont des plus explicites, et, comme on le comprend bien, Martellange ne quittait pas, durant six ou sept mois entiers, tous ses autres travaux, pour passer dans le Maine une simple villégiature. Dans l'itinéraire que nous avons dressé de ses voyages, nous ne le trouvons nulle part ailleurs pendant l'année 1612 ; il dut l'employer tout entière à la Flèche.

Collège de Nevers (1612).

Le collège de Nevers, fondé en 1572 par Louis de Gonzague, duc de Nevers, fut fermé en 1595 après l'attentat de Châtel sur Henri IV. Il fut ouvert de nouveau en 1611, sous les auspices de Charles de Gonzague, duc de Nevers, qui posa la première pierre des nouveaux bâtiments en 1612, le 9 septembre. Nous ne saurions dire si Martellange avait eu la première idée de l'édifice ; tout ce que nous pouvons affirmer, c'est qu'il avait dressé le plan de l'église avec cette note non datée : *Idea ecclesiæ collegii Nivernensis* (Hd 4 b, fol. 126), dont la traduction pourrait bien être : *idée d'une église pour le collège de Nevers*.

Quant au séjour de Martellange à Nevers, il n'est pas douteux. Dans son album, il a noté plusieurs vues, malheureusement sans date, mais qui indiquent un passage d'une certaine durée. C'est d'abord la ville entière (Ub 9, fol. 49), puis une vue du palais ducal (fol. 54), une autre des Minimes, dont il aurait bien pu construire la façade (fol. 55). Ensuite, il en vient tout naturellement au collège, qui paraît assez avancé dans le gros œuvre. « Partie du college de Nevers[1] » (fol. 52), « Saint « Antoine du college de Nevers » (fol. 53), « du college de Nevers » (fol. 51). Sa collaboration nous paraît donc à peu près prouvée.

---

1. Dans ce plan non daté, l'église est seulement esquissée sur le sol.

Collège de Béziers (1616).

Nous n'avons qu'un document précis émanant de Martellange et concernant la ville de Béziers ; c'est une vue de son album datée du 22 novembre 1616, ainsi indiquée par lui : « Aspect de « l'evesché de Beziers du 22 *novembris* 1616 » (Ub 9 a, fol. 174). Mais il n'est aucunement question de la maison des Jésuites.

Dans la série des plans, il n'y a rien de la main de notre architecte ; nous signalerons cependant à titre de renseignements trois pièces relatives à la construction du collège (Hd 4 d, fol. 40, 41, 42) par un autre artiste.

Collège de Chambéry (1618).

D'après M. Charvet, c'est à Chambéry que Martellange aurait pris le titre de coadjuteur temporel de la compagnie de Jésus, le 29 mars 1603. Il eût été à peine possible que durant sa carrière d'architecte il eût oublié la ville de ses vœux. En janvier 1618, il y vint, à la prière des PP. Jésuites, et ce fut de ce mois qu'il data ses croquis d'album. « La ville de Chambery, capitale de la Savoie » (Ub 9 a, fol. 144). Une autre vue porte la mention du 14 janvier 1618 (fol. 145). Mais il ne reste pas seulement dans la ville, et malgré la saison d'hiver, si dure dans les Alpes, il visite successivement les prieurés dépendant du collège ; le prieuré de Saint-Philippe : *Prioratus S*ti *Philippi collegii Camberiensis 3 februarii* 1618 (*Ibidem*, fol. 146), celui du Bourget, le 20 janvier 1618, et il ajoute : « Ce prioré appartient au collège « de Chambéry » (fol. 148 et 149).

S'il omet de donner un « aspect » du collège, c'est probablement que les bâtisses n'en sont point assez élevées ; mais il en dresse les plans avec des annotations curieuses, et il les date précisément du temps auquel il dessinait la ville et les prieurés. Le plus important de ces documents est celui qui porte le titre suivant, écrit de sa main : *Ichnographia collegii Camberiensis societatis Jesu, prout se habebat mense Januario* 1618. *Quæ notata sunt flavo colore non sunt ædificata. In ecclesia vero media pars fundata est, atque infra altare aliquid ædificatum* (Hd 4 c, fol. 176). Ce plan est fort explicite et concorde absolument avec les croquis de l'album de voyage. On y voit qu'en janvier 1618 l'édifice était sur ses fondations, et qu'en deçà de l'autel une partie entière sortait de terre. Outre que ce renseignement nous est précieux pour la date de construction de l'église du collège, il nous montre aussi d'une façon à peu près certaine la collaboration de Martellange.

D'après des renseignements de source sûre, la maison des Jésuites avait été fondée par le duc Philibert-Emmanuel de Savoie, en 1554. Elle avait été achevée en 1599, sauf une partie des bâtiments et la chapelle. C'est à cette portion inachevée que Martellange dut travailler au mois de janvier 1618. Dans la même année, il revenait à Roanne et passait à la Bénissons-Dieu, le 25 juin (Ub 9 a, fol. 108), au château de Chenevoux, le 26 juillet (Ub 9, fol. 28), à Roanne, le 29 août (Ub 9 a, fol. 103), à Mâcon, le 6 octobre (*Ibidem*, fol. 116).

Collège d'Orléans (1620).

Martellange dut s'occuper sérieusement du collège d'Orléans, ouvert en 1617 et établi primitivement dans un couvent de chanoines réguliers de Saint-Augustin du nom des SS. Symphorien et Samson, détruit par les Huguenots en même temps que la cathédrale de Sainte-Croix. Ces ruines, on le comprend, n'étaient guère appropriées à un établissement de Jésuites, et il était urgent d'y pourvoir de prompt remède. Vraisemblablement chargé d'en étudier la reconstruction, l'architecte des Pères en dressa un plan très détaillé au mois de février 1620, où il donnait un aperçu des bâtiments futurs sous ce titre : *Ichnographia futuri œdificii collegii Aurelianensis societatis Jesu, delineata anno* 1620 *mense februarii* (Hd 4 b, fol. 120). Mais, tout aussitôt, et pour parer à tous les inconvénients, Martellange envoie un autre dessin du même projet avec des modifications essentielles (fol. 119).

L'église des Bénédictins avait été en partie renversée par les Huguenots, et les autres bâtiments ne convenaient point à la commodité des classes. Martellange indique ces petites difficultés le 7 juillet 1620 et propose des mesures radicales : *Totum ergo collegii spatium alias ab Hugonottis dirutum, eo quod esset ecclesia et claustrum religiosorum sancti Benedicti, ita tamen ut quod reedificatum fuit, cum non sit nostris usibus conveniens, sic etiam diruendum, secundum delineationem cœptam, ubi fundamenta veteris œdificii propter immensam difficultatem ipsorum nos ad id adigunt. Quod reliquum est ex eo quod delineatum est satis patebat.* (Hd 4 b, fol. 115, les notes de cette pièce concernent la pièce 118 reliée plus loin.) On voit qu'il y a à détruire une partie malade des vieux murs de la ville pour y construire les cuisines. Dans l'église, on a abandonné l'ancien clocher des Bénédictins, complètement détruit, et on l'a reporté vers le chœur. La vieille tour avait déjà servi à des voisins pour des constructions nouvelles; il faut racheter le terrain. A cette époque, le mur de gauche, en regardant le chœur, était élevé jusqu'à la corniche, l'autre côté était en fondations, mais on gardait les anciennes substructions, *quod reliquum est coloris flavi antiqua fundamenta bona sunt;* c'était donc encore le plan des chanoines réguliers.

Ces renseignements sont précis et fournissent à l'archéologie un document sur l'église des Bénédictins au xvie siècle. Martellange, occupé de février à juillet 1620 par ces projets divers, revint à Orléans pendant les années qui suivirent. En juin 1621, il donne d'après nature un croquis du château de la Grillière, appartenant alors au lieutenant-général de robe, François de Beauharnois, lequel fut en charge de 1595 à 1635 (Ub 9, fol. 37).

Mais, si M. Charvet attribue à Martellange la façade aujourd'hui détruite de Saint-Maclou d'Orléans (p. 108), il nous semble tout aussi plausible de reconnaître quelques-uns de ses travaux dans la reconstruction de Sainte-Croix, démolie elle aussi par les Huguenots, et dont il prend trois vues dans ses croquis de voyage. Une de ces pièces a une grande importance. Martellange y montre l'église encore en ruines dans certaines parties, et rebâtie dans d'autres. La porte du cloître du côté du midi avait été une des plus détériorées, il la dessine et indique sur un pan de mur ce qu'il en est advenu de ce monceau de décombres : « Ruines demolies pour bastir la croisée de Sainte-Croix d'Or- « léans. Du 20 apvril 1623 » (Ub 9, fol. 36). Que faisait Martellange à Orléans précisément au moment de la reconstruction de Sainte-Croix, et pourquoi s'inquiète-t-il autant de la croisée? Nous ne le saurions dire d'une façon plus précise ; mais n'est-ce point là déjà un indice de collaboration, surtout si l'on se souvient que Henri IV avait posé la première pierre de la nouvelle église et que sa veuve avait hérité de son admiration, alors de mode, en faveur du meilleur architecte des Jésuites?

Ces remarques une fois faites, et pour laisser aux érudits locaux le temps de discuter ces opinions et ces hypothèses, nous mentionnerons à titre de renseignement un plan du collège des Jésuites, fait à Paris, le 5 juillet 1632, par le P. François Derand, le rival de Martellange, d'où l'on pourrait tirer quelques indices en faveur d'un travail commun (Hd 4 b, fol. 116). Ce plan est signé et daté.

COLLÈGE D'AURILLAC (1621).

Le collège d'Aurillac, de la province de Toulouse, fut ouvert par la ville en 1619, et cette année même fut occupé par les Jésuites. Martellange ne paraît pas y avoir collaboré, mais simplement y avoir mis un visa comme inspecteur. Sur un projet lavé d'encre de Chine, Martellange a écrit : *Hanc ideam collegii Aurillacensis confectam a P. Christophoro Grienberger approbavit admodum R. P. N. Generalis*, 15 *jan.* 1621. Il ressort de cette note que ce fut en 1621 que l'on s'occupa sérieusement de l'édifice, et que l'idée première en appartenait au P. Christophe Grienberger (Hd 4, fol. 149).

COLLÈGE DE RENNES (1624).

Le collège de Rennes faisait partie de la province de Paris. Martellange y vint en 1624, car le 24 août il esquisse la ville à la hâte. « Aspect de la ville de Rennes en Bretagne, 24 *augusti* 1624 » (Ub 9, fol. 19). Il fait au même moment un plan : *Ichnographia collegii Redonensis societatis Jesu* 1624 (Hd 4 b, fol. 181). Occupé comme il l'était à cette époque, Martellange n'allait point à Rennes, comme il n'allait point à la Flèche, pour une promenade. Nous ne croyons pas toutefois qu'il ait bâti l'église du collège. Il y a dans le recueil Hd 4 b, fol. 180, deux plans de cet édifice d'une autre main. Mais il dut y venir pour régler certaines difficultés et jeter un coup d'œil sur les travaux en cours. Il y retourne d'ailleurs, car, durant l'année 1626, on le trouve à Ploermel, dont il dessine une vue dans son album de voyage (Ub 9, fol. 20).

COLLÈGE DE BLOIS (1624-1625).

Avant d'aller à Rennes, Martellange était à Blois, si l'on en croyait les plans des Jésuites ; malheureusement, il ne consigne dans ses notes aucune vue de la ville ; tout au plus s'arrête-t-il à Cheverny, château des Hurault, mais sans dater son dessin (Ub 9, fol. 34). En juin 1624, il avait exécuté un plan du collège : *Ichnographia collegii Blesensis societatis Jesu ut se habet anno* 1624 *mense junio* (Hd 4 c, fol. 21). Approuvé à Rome le 7 février 1625, ce fut apparemment celui qui fut suivi dans la construction. Le 29 juillet, il reprenait son idée et refaisait une *Ichnographia futuri œdificii collegii Blesensis societatis Jesu, facta anno* 1624 *mense julli* 29. Il venait à cette époque de travailler à Bourges, il allait partir pour Rennes, il avait le souci de plusieurs travaux en train. Pour être juste, il faut reconnaître combien ses supérieurs le laissaient peu chômer et quelle énergie déployait celui que l'on pourrait appeler le plus grand constructeur d'églises du xviie siècle.

PARIS. MAISON PROFESSE DE LA RUE SAINT-ANTOINE (1627).

M. Charvet en était réduit pour cet édifice « aux récits des « écrivains des derniers siècles, qui sont loin d'offrir les détails « indispensables. » Il cite Piganiol de la Force (t. IV, 371 et suiv.), qui donne Martellange comme ayant collaboré à la construction de l'église, dont l'architecte en titre eût été le P. François Derand. Si l'on en croyait Piganiol, Martellange eût proposé de copier purement et simplement le *Gesù* de Rome. Au contraire, le P. Derand avait donné des projets personnels, qui furent suivis.

Nous croirions volontiers que les deux architectes furent employés conjointement à l'œuvre, puisque nous trouvons des plans de l'un et de l'autre dans les recueils des Jésuites. Une particularité curieuse de la construction de l'église fut que la façade inspira à Martellange de vives critiques, probablement envoyées à Rome sur demande, et dont nous donnons ici une copie :

Alcuni errori notati da piu periti architetti di Parigi sopra al sopradetto disegno.

La faciata che avanza dove e la porta magiore deve contenere la largucza di tutta la nave della chieza per legar insieme la cantonata e dargli la forza necessaria, e non lo fa, e dove bisogna piu forteza vien piu debole massime a linsu rispetto a i volti da fare in crociera e i ristremamento di muri alsandosi rendono sopra piu debole contro a la stabilita.

Questo nella elevatione fa l'ordine de colonne tropo stretto contro la belleza.

Detto muro e troppo massitio, massime avendo bisogno di far piu grande il cuoro de la musica e havere piu spatio por i gradi avanti la chieza.

La porta del mezo de la faciata e di sproportionata largueza, massime facendo doi porte laterali avendo 24 palm. Rom.

Le colonne attacate contra à pilastri e confuse insieme, e cosa monstruosa e tanto nelle bazi come negli capitelli e cossa che non si puo patir ne vedere da gli intendenti e mai e stato fatto dagli antichi.

Le altre colonne prossime a le porte laterali sonno di manco e differente sporto da gli altri, et sarra doppia e differente.

La confusione che si fara negli capitelli e molto pegiore qu'ella de mediglioni massime in l'ordine Chorintio.

Non e a proposito che vi siano i gradi a l'intervalle delle porte, ma deve sequitar il piano de la chieza, che sarebbe occasione di cadere al populo nel issir di detta chieza.

Il numero di gradi deve essere imparo.

Non e a proposito mettere pilastri nella meta de le cantonate de la chieza avendo posto collonne al davanzi el mettere pilastri con tanto poco sporto al lato di detta cantonata.

Le lumache sonno troppo strette e piccole a luzo de la tribuna o choro de la musica e choretti intorno à la chieza.

Si sara ancora dimenticato a dar lume a dette lumache.

La major diformità e che la detta faciatta e che non seguita il dritto della strada ma fa un angolo in tutto diverso e per tanto difforme quanto la faciata avanza e i lati si riculano, il che facilmente si poteva far agiongendo a i fondamenti fatti, se sopra questo fosse stato adhibito il consiglio da gli intelligenti.

Le porte laterali de fora de la nave e dentro a lo spatio de le capelle e senza exempio e superflue, la porta del mezo essendo di tanta smisurata grandeza.

Questo sià detto degli errori de la pianta solamente, che per l'ellevazione ve ne sonno molto majori oltra a quelle que sonno stati notati nella detta pianta (Hd 4 b, fol. 218 bis).

Ces remarques très sévères et peut-être dictées par la jalousie n'eurent pas grand effet à Rome. Le plan du P. Derand fut suivi, et la partie si critiquée reçut son plein et entier développement. Dans un dessin ultérieur, Derand montre l'état des bâtisses de la maison professe, et l'église, déjà construite, y a la façade en question, qui est bien celle d'aujourd'hui. Seulement, l'aménagement intérieur n'était point terminé encore, car on se sert provisoirement d'une petite chapelle à gauche de la nouvelle église. Derand n'a malheureusement pas mis de date sur son plan, il s'est contenté de l'annoter et de teinter de couleurs diverses les parties du bâtiment terminées, en construction, ou à faire. Ce devait être environ vers 1640 (Hd 4 b, fol. 218. Voir aussi le plan de Derand, fol. 221).

Mais une autre pièce prouverait la collaboration de Martellange; c'est une coupe de la bâtisse en 1627, intitulée par lui : *Ichnographia domus professæ sancti Ludovici soc. Jesu Parisiis prout se habet anno* 1627 *augusti mensis.* Martellange donnait dans cette étude une façade différente de celle de Derand. Elle avait un portail en demi-cercle, et seulement une porte principale, suivant les idées émises dans sa critique. En 1627, il n'y avait de sorti de terre que l'abside et une partie du côté droit sur fondations ; peut-être Martellange ne le donne-t-il que pour montrer les divergences entre son plan et celui de son collègue.

En tous cas, il suivait de près les dessins et les travaux de Derand. Celui-ci ayant fait une élévation des côtés intérieurs dans une manière assez lâchée, Martellange écrit sur cette pièce : *Disegno fatto del R. P. Francesco de Rand per la chieza di Parigi,* DE MANU PROPRIA (Hd 4 b, fol. 225).

Il ne faut donc plus guère chercher dans les bâtiments du lycée Charlemagne le travail de notre architecte; l'œuvre est bien du P. Derand, qui avait envoyé ses plans en 1625 à Rome (*Ibidem,* fol. 221), d'où ils étaient revenus autorisés. Une preuve d'ailleurs que Martellange n'y avait point beaucoup collaboré, c'est l'absence de dessins sur cette église et ce collège dans son recueil de voyage. Lui qui mettait en tête de cet album le Noviciat de Paris, dont il était l'auteur, n'eût certes pas manqué d'y joindre des vues de la maison professe, s'il l'eût édifiée. Le manque absolu de renseignements de ce genre nous paraît une preuve considérable. Il était pourtant bien à Paris dès cette époque, puisque c'est en 1628 que les travaux du Noviciat furent conduits avec le plus d'ardeur, suivant que nous le verrons ci-après, et qu'il les dirigeait en personne. Dans son itinéraire, 1629 est la date précise à laquelle il paraît se retirer du monde. Il ne serait pas impossible que la construction du Noviciat fût devenue pour lui un couronnement de carrière.

Paris. Noviciat (1628).

Plusieurs auteurs ont prétendu avec d'Argenville que Martellange ne s'était occupé du Noviciat qu'à la fin de sa vie. Comme nous le disions, il dut en faire le couronnement, mais il avait conçu l'idée de cet établissement longtemps auparavant, puisqu'en 1617 il en avait donné un projet (lettre du 22 nov. 1622, citée par Charvet, pp. 94-95[1]). Toutefois les documents précis conservés au Département des estampes de la Bibl. nat. ne le montrent guère occupé de cette œuvre avant 1628. Le 14 février de cette année, il indique dans un plan très explicite et très clair l'état des travaux à cette date précise : *Ichnographia domus probationis soc. Jesu in suburbio Parisiaco sancti Germani facta* 14 *februarii 1628. Color cœruleus indicat quœ œdificata sunt, croceus vero quœ œdificanda* (Hd 4 b, fol. 172). Avec ces renseignements précis, on voit que selon les suppositions de M. Charvet (p. 95) les bâtisses allaient bon train, puisque, sauf l'église et la salle de récréation, tout est en cours d'exécution et même terminé pour une grande part. Deux ans après ces premiers détails, Martellange nous initie aux travaux faits ou à faire. C'est d'abord (Ub 9, fol. 2) une vue des bâtiments élevés du côté du jardin et portant comme légende : « Du « novitial de Paris, 1630. » *L'église n'est point commencée encore;* elle est simplement figurée par un dessin de fondation dans le jardin à droite, et le chœur y est marqué par une croix. Cet excellent dessin d'architecture ne pouvait être plus complet ni plus explicite. Dès ce temps même, Martellange a arrêté son plan et donné sa façade (Hd 4 b, fol. 176). Tout était donc convenu et arrêté en 1630, mais rien n'était encore mis en œuvre.

L'année suivante, 1631, les fondations de l'église sortent de

---

1. Il nous est venu un scrupule. Le noviciat dont parle Martellange est celui de Lyon très probablement (voir Hd 4 b, fol. 148). Le plan de ce noviciat était effectivement de juin 1617.

terre. Martellange nous les montre dans un dessin portant comme légende : « Des fondations de l'églize du Novitial de Paris, 1631 » (Ub 9, fol. 3).

Le 23 septembre 1634, trois ans après, notre architecte donne une vue d'ensemble du Noviciat. L'église est à moitié de façade jusqu'à la frise environ. Devant, une petite ruelle, et plus loin des jardins clos de murs. Tous ces détails sont d'un grand intérêt pour la topographie du vieux Paris. Martellange écrit sur son croquis : « Aspect contre le novitial de Paris, 1634, 23 sep- « tembre » (*Ibidem*, fol. 5). Revenant alors sur cette vue du côté opposé, il dessine l'abside de l'église, laissant voir dans le lointain le palais du Luxembourg, à la reine mère : « Du 20 no- « vembre 1634. Du novitial de Paris » (*Ibidem*, fol. 4).

Avec le collège de Roanne, le Noviciat de Paris est une des constructions qui ont le plus retenu Martellange. Longtemps après, l'édifice ayant été terminé, le graveur Lepautre en traça sur cuivre la façade et la coupe, Martellange annote lui-même cette reproduction et la date de 1640, un an avant de mourir (Hd 4 a, fol. 254, 255). Il avait mis dans cette œuvre toute sa science pratique et tous ses soins.

Nous citerons, pour terminer, les plans conservés dans le recueil Hd 4 b, fol. 191 et 192 ; ils sont de la main de notre artiste et concordent avec les vues ; ils sont tous de 1634.

Collège de Sens (1628).

M. Charvet écrit, page 188 : « Les archives du collège de « Sens ne fournissent rien qui rappelle le nom de Martellange. « Cependant, l'église fondée en 1624 à une seule nef et d'une « grande simplicité pourrait avoir été faite d'après les plans de « notre artiste. »

Le jugement si sûr de M. Charvet ne l'a point trompé. Le recueil des plans des Jésuites ne laisse aucun doute. On trouve dans le vol. Hd 4 b, au fol. 183, « l'ichnographie » complète du collège, datée du 7 mars 1628, « prout se habet, » comme le monument était à l'époque. L'écriture et le faire de Martellange s'y retrouvent complètement. Et ce n'était point là un projet en l'air, car les termes mêmes employés par Martellange indiquent la construction commencée. Une autre pièce conservée au fol. 184 porte : *Ichnographia pro* ÆDIFICANDO COLLEGIO *Senonensi societatis Jesu, facta anno* 1628 *mense martis.* C'était ou ce devait être le projet définitivement accepté et sur lequel on allait travailler. Pour dire le vrai, si Martellange était à Sens durant l'année 1628, il n'y dut guère demeurer, les affaires du Noviciat de Paris lui ayant laissé peu de temps à lui. Aussi les quatre ou cinq plans divers du recueil Hd 4 sont-ils tous datés du 7 mars 1628 (fol. 182, 183, 184, 185).

Il ne donne aucun croquis de Sens dans son album de voyage.

COLLÈGE DE MOULINS (16...).

M. Charvet publie des détails assez précis sur la construction du collège de Moulins. Nous n'avons retrouvé aucun plan des travaux de Martellange, mais il fournit trois vues dans son album de voyage (Ub 9 a, fol. 96, 97, 98). Une seule, la dernière, mentionne : « la maison de Pozeulz[1] du college de Moulins, » qui était une maison de campagne. Les deux autres dessins sont des vues générales de la ville.

COLLÈGE D'EMBRUN. (*Charvet, p.* 189.)

Il faut renoncer à ce collège pour Martellange. C'est le P. Léotaud qui en donna le plan en 1640 (Hd 4 a, fol. 237). Mais l'établissement existait dès 1606 et était installé dans des bâtiments provisoires. Le bâtiment fut construit « sur le dessein de feu « M. Roman, qui batist tout le reste pour le collège d'Embrun » (Hd 4 d, fol. 119).

COLLÈGE DE ROUEN. (*Charvet, p.* 186.)

L'église des Jésuites encore debout et qui est actuellement celle du lycée Corneille a une façade dans les données de Martellange. Elle se compose de deux ordres superposés ; le bas a deux pilastres et deux colonnes cannelées faisant avant-corps.

---

1. Pouseux, ancienne maison de campagne des Jésuites, qui avait été cédée à la ville de Moulins par Diane de Châteaumorand, dame d'Urfé. Les échevins de la ville la donnèrent aux Jésuites vers 1590, « ladicte terre devant tenir lieu aux Pères de maison de recréation » (Arch. de l'Allier, D 26). Vers le milieu du xviii° s. Gresset composa à Pouseux son poème de *Vert-Vert.* (Note due à l'obligeance de MM. Queyroy et Garelle.)

Entre les pilastres et les colonnes, deux niches avec statues des SS. Louis et Charlemagne. En haut, quatre pilastres ioniques. Le fronton était démesuré ; la figure allégorique qu'il contenait est aujourd'hui très fruste.

Si Martellange ne consigne rien dans son album de voyage, il donne toutefois deux plans de l'église du collège (Hd 4 b, fol. 205 et 207). Y aurait-il grand risque à le croire l'auteur de cet édifice, dont l'architecte est inconnu ? Lui qui avait travaillé à Rennes, eût pu très bien venir à Rouen ou tout au moins fournir son idée. Une pièce nous gênerait pourtant, c'est celle du même vol., folio 254, émanant du P. Derand. La question est intéressante, elle mérite qu'on l'étudie à loisir. En tout cas, le plan en question est ainsi signé : *Reverentiæ vestræ servus in Christo Franc. Derand.* Et dans ses remarques le célèbre architecte note soigneusement l'état des œuvres à la fin de 1625 : *Typus ecclesiæ collegii Rothomagensis inchoatæ, uti erat sub finem anni* 1625. Ce plan était envoyé au P. Baltazar, assistant de France à Rome. Toutefois, les constatations d'état d'avancement étaient-elles toujours faites par l'architecte primitif ? Nous ne le croyons pas, Derand pouvait n'être appelé que pour un travail d'inspection et n'avoir pas donné le plan de construction.

Prieuré de Jonvelle.

Dans une des vues de son livre de voyage, Martellange a dessiné une vue de la petite ville de Jonvelle, dans la Haute-Saône, où le collège de Dole avait un prieuré. Il l'intitule : 9 *augusti* 1617. *Prioratus Jonvelle coll. Dolani* (Ub 9 a, fol. 141). Ce fut vraisemblablement la même année qu'il en fit une autre portant en titre : « Jonvelle au conté de Bourgogne ou « la compagnie a un prioré » (Ub 9, fol. 80). Ce qui est certain, c'est que la petite église de ce prieuré avait sur son toit, avec le monogramme du Christ, la date 1601. Celle du collège de Dole portant 1599, on voit que ces deux monuments avaient été construits à peu d'intervalle l'un de l'autre. Peut-être Martellange avait-il contribué à les achever ? (Voir ci-devant l'article sur le collège de Dole.)

Henri Bouchot.

ITINÉRAIRE DE MARTELLANGE D'APRÈS SES DESSINS.

1605. — Vienne, en Dauphiné. — Prieuré de N.-D. des Baumes, en Comtat. Juin. — Sisteron.

1606. — Sisteron. — Abbaye de Boscodon, dans les Alpes. 18 octobre. — Vienne, en Dauphiné.

1607. — Le Puy. Du 1er au 11 mai. — Caromb. 9 juillet. — Carpentras.

1608. — L'Ile-Barbe, près Lyon. — Avignon. Août. — Méthamis-lez-Avignon. — Sisteron. 31 août. — Avignon. Septembre.

1609. — L'Ile-Barbe, près Lyon. — Avignon, 29 août. — Montfrin en Provence.

1610. — Dole, en Franche-Comté. 10 janvier. — Besançon. Février. — Roanne. 10 mai. — Riorges-les-Roanne. 11 mai. — Roanne. 13 et 16 mai. — Vesoul. 5 août. — Dijon. 22 septembre. — Saint-Appollinaire-lez-Dijon. 28 et 29 septembre. — Roanne. 31 décembre.

1611. — Montbrison. 10 janvier. — Le Puy. 19 janvier. — Roanne. — Montjeu-lez-Autun. 6 mai. — Autun. 7 mai. — Antilly-lez-Dijon. 18 juillet. — Argilly, en Bourgogne. 28 juillet. — Dijon. 17 août. — Seurre, en Bourgogne. 7 septembre. — Fontaine-lez-Citeaux. 21 septembre.

1612. — La Flèche. Du 2 février jusqu'après le mois de juillet.

1613. — Seurre. 3 et 8 février. — Faverney, en Franche-Comté. 7 mai. — Citeaux. 14 juin. — Jonvelle (?), en Franche-Comté.

1614. — Dijon. 15 janvier.

1615. — Bourges. 7 mars. — Dijon. 29 septembre. — Vesoul. Décembre.

1616. — Route de Dijon à Seurre. 21 mars. — Lyon. Avril. — Lair-lez-Avignon. 17 octobre. — Béziers. 22 novembre.

1617. — Avignon. 3 janvier. — Polignac, en Velay. 24 février. — Le Puy. 27 et 28 février. — Lyon. Avril et juin. — Cluny. 22 septembre. — Riorges-lez-Roanne. 18 octobre. — Beaulieu-lez-Roanne. 17 novembre. — Roanne. 16 décembre.

1618. — Château de Chenevoux. 7 janvier. — Chambéry. 14, 20 janvier, 3 février. — L'Ile-Barbe. 30 mai, 12 juin. — Abbaye de la Bénissons-Dieu. 26 juin. — Chenevoux. 26 juillet. — Roanne. 29 août. — Mâcon. 6 octobre.

1619. — Vienne. 20 janvier. — Fléchères, près Lyon. 2 février. — Roanne.

1620. — Orléans. De février à juillet? — Moulins? — Roanne. 31 décembre.

1621. — Bourges? — La Grillière-lez-Orléans. 22 juin.

1622. — »

1623. — Orléans. 20, 21 avril.

1624. — Chartres. — Abbaye de Bourgueil. — Le Mans. 8 janvier. — Blois. Juin et juillet. — Rennes. 24 août.

1625. — Abbaye de Montmartre, près Paris, 19 mars.

1626. — Ploermel. Avril.

1627. — Paris?

1628. — Paris. 14 février. — Sens. 7 mars.

1629. — (Paris. Noviciat.)

1630. — Paris. Noviciat.

1631. — Paris. Noviciat. — Sainte-Chapelle après l'incendie de 1630.

1632. — (Paris. Noviciat.)

1633. — (Paris. Noviciat.)

1634. — Paris. Noviciat. 23 septembre et 20 novembre. — Palais du Luxembourg, à Marie de Médicis.

1635. — »

1636. — »

1637. — Martellange, retiré à Paris, termine plusieurs vues de son album.

1638. — »

1639. — Gentilly-lez-Paris. Dernier dessin de Martellange.

1640. — Signature de lui sur une gravure d'A. Lepautre.

1641. — Mort de Martellange.

CATALOGUE

DES DESSINS

D'ÉTIENNE MARTELLANGE

ARCHITECTE DES JÉSUITES

(1605-1639)

PRÉCÉDEMMENT ATTRIBUÉS A FRANÇOIS STELLA

CONSERVÉS AU CABINET DES ESTAMPES DE LA BIBLIOTHÈQUE NATIONALE.

RECUEIL CONTENANT PLUSIEURS VEUES DE VILLES, BOURGS, ABAYES, CHATEAUX ET AUTRES ENDROITS PARTICULIERS DE FRANCE, DESSINÉES D'APRÈS NATURE PAR F. STELLA *(sic)*.

TOME I (TITRE DU XVIIIe SIÈCLE[1]).

1. Carte servant à trouver les lieux contenus dans les deux volumes. La couleur jaune est pour le Ier volume, le rouge est pour le IIe vol. (carte du XVIIIe s.).

2. Veue du dedans du noviciat de Paris en 1630. — *Du novitial de Paris*, 1630. — Dessin à la plume lavé. Larg. 0^m565, haut. 0^m405.

3. Fondations du noviciat de Paris, en 1631. — *Des fondations de l'églize du novitial de Paris*, 1631. — Dessin à la pl. lavé. L. 0,545, h. 0,405.

---

1. La lettre du XVIIIe siècle est en romain dans notre catalogue. Celle du XVIIe siècle, mise par Martellange, est en italiques. Les indications de catalogue suivent et sont en romain.

_4. Veue du bâtiment du noviciat de Paris, le 20 novembre 1634. — *Du 20 novembre 1634. Du novitial de Paris.* — Dessin au crayon lavé. L. 0,550, h. 0,405.

- 5. Veue des environs du noviciat de Paris, le 23 septembre 1634. — *Aspect contre le novitial de Paris, 1634, 23 septembre.* — Dess. à la pl. lavé. L. 0,555, h. 0,400.

- 6. Veue d'une partie du palais du Luxembourg, en 1634. — *De Luzembour à Paris, palais de la raine mère,* 1634. — Dess. à la pl. lavé. L. 0,535, h. 0,395.

7. Veue de l'eglise des Carmes déchaussés de Paris, le 1er juillet 1637. — *Aspet de l'eglize des Carmes dechaussés, à Paris.* (Au dos :) *Achevé le 1er juillet* 1637. — Dess. au crayon lavé. L. 0,380, h. 0,250.

8. Veue de la Sainte-Chapelle de Paris après l'incendie. — *La Sainte-Chapelle de Paris après l'incendie.* (Au dos :) *A Henry Noblet.* — Dess. à la pl. lavé. L. 0,555, h. 0,410.

9. Veue du prieuré de Saint-Martin-des-Champs. — *Aspet du prioré Saint-Martin-des-Champs, prins du clocher de Saint-Nicolas.* — Dess. à la pl. lavé. L. 0,345, h. 0,395.

10. Veue de l'abbaye de Montmartre, le 19 mars 1625. — *Aspet de l'abaie de Montmartre les Paris. Faict le* 19 *mars* 1625. — Dess. à la pl. lavé. L. 0,435, h. 0,290.

11. Veue du mausolée des Valois à Saint-Denis en France. — *Du mausolée des Valois à Saint-Denis en France* (vue extérieure avec des croquis sur le verso de la feuille représentant les statues). — Dess. à la pl. lavé. L. 0,525, h. 0,400.

12. Veue de l'eglize de Saint-Denis en France. — *De l'eglize Saint-Denis en France.* — Croquis au crayon du portail et de la nef. L. 0,560, h. 0,420.

13. Veue de l'eglize de Notre-Dame de Chartres. — *Aspet de l'eglize de Nostre Dame de Chartres.* — Dess. lavé. L. 0,550, h. 0,400.

14. Veue des ruines de l'abaye de Bourgueil, en Anjou, en 1624. — *Ruines dans l'abbaie de Bourgueil à Mr de Chartres*[1], 1624. — Dess. à la pl. lavé. L. 0,535, h. 0,400.

15. Autre veue de l'abaye de Bourgueil. — *Aspet de Bourgueil abbaie à Mr de Chartres.* — Dessin à la plume lavé. L. 0,545, h. 0,390.

---

1. Léonor d'Estampes Valençay, évêque de Chartres.

16. Autre veue de l'abaye de Bourgueil, en 1624. — *De l'abbaie de Bourgueil à M* de Chartres*. — Dess. à la pl. lavé. L. 0,535, h. 0,380.

17. Veue de l'abbaye de Bourgueil, en 1624. — *De l'abbaie de Bourgueil à M* de Chartres*, 1624. — Dess. à la pl. lavé. L. 0,340, h. 0,380.

18. Veue de l'eglise de Saint-Jullien, au Mans. — *Aspet de l'eglise de Saint-Jullien, du Mans, 8 januarii* 1624, *achevé le 4 juillet* 1637. — Dess. à la mine de plomb lavé, rehaussé de plume. L. 0,552, h. 0,400.

19. Veue de la ville de Rennes, en Bretagne, le 24 d'août 1624. — *24 augusti* 1624. *Aspet de la ville de Renes, en Bretaigne.* — Dess. à la pl. lavé. L. 0,565, h. 0,400.

20. Veue de la ville de Ploermel, en Bretagne, en 1626. — *Aspet de la ville de Ploermel, en Bretaigne, en apvril* 1626. — Dess. au crayon lavé. L. 0,400, h. 0,270.

21. Autre (*sic*) veue du château de Chenevoux, en Forest[1]. — *Le chateau de Chenevoux.* — Dess. lavé au bistre. L. 0,400, h. 0,245.

22. Veue du chateau de Chenevoux, le 26 juillet 1618. — *Le chateau de Chenevoux, 26 jullii* 1618. — Dess. à la pl. lavé. L. 0,533, h. 0,375.

23. Veue du chateau de Chenevoux. — *Du chasteau de Chenevoux, 7 janv.* 1611. — Dessin lavé de bleu. L. 0,230, h. 0,152.

24. Veue de la Flèche. — *Aspet de la Flèche, en Anjou.* — Dess. à la pl. lavé de bleu. L. 0,530, h. 0,393.

25. Veue de la ville de la Flèche, en Anjou. — *Aspet de la ville de la Flèche, en Anjou.* — Dess. à la pl. lavé de bleu (deux dessins). L. 0,542, h. 0,385.

26. Veue d'une porte de la Flèche. — *Porte de la Flèche.* — Crayon lavé au bistre. L. 0,400, h. 0,260.

27. Veue de Luche (*sic pour Luché*), prieuré du collège de la Flèche, le 2 février 1612. — *Luche, prioré du college de la Flèche. Luché,* 1612, *2 febvrier.* (En haut, contre une maison :) *Maison du fermier.* — Dess. à la pl. lavé. L. 0,515, h. 0,380.

---

1. Ce château appartenait à Jacques Coton, frère du P. Coton, l'un des fondateurs du collège de Roanne. Voyez ci-après n° 113. En 1611, Jacques Coton avait donné une maison à Roanne pour y installer les Jésuites.

28. Veue du college royal de la Flèche. — *Du college roial de la Flèche*, 1612. — Dess. à la pl. lavé. L. 0,550, h. 0,400.

29. Veue des jardins et de la maison royale de la Flèche, en 1612. — *Prospectus regiorum œdificiorum hortorumque Flexientium septentrionalem plagam aspicientium*, 1612. — Dess. à la pl. lavé de bleu. L. 0,345, h. 0,401.

30. Veue du prieuré de Saint-Jacques de la Flèche, en 1612. — *Aspet contre le prioré de Saint-Jacques de la Flèche*, 1612. — Dess. à la pl. L. 0,550, h. 0,400.

31. Veue d'un moulin proche de la Flèche. — *Molins proche de la Flèche.* — Dess. au crayon lavé à l'encre de Chine. L. 0,380, h. 0,230.

32. (Sans titre et sans lettre. Constructions du collège royal de la Flèche.) — Dessin à la pl. lavé de bleu. L. 0,400, h. 0,250.

33. (Sans titre. Constructions du collège.) — *9 julii* 1612. — Dess. à la pl. lavé de bleu. L. 0,400, h. 0,250.

34. Veue de la maison de Chivergni, proche Blois. — *Aspet de la maison de M. le comte de Chivergni*[1], *proche de Blois.* — Dess. au crayon lavé d'encre de Chine. L. 0,410, h. 0,280.

35. Veue d'une partie de l'eglise de Sainte-Croix d'Orleans, le 21 avril 1623. — *Du 21 apvril 1623. Aspet des pourtaus du costé du cloistre avant leur demolition.* (Et plus haut :) *L'eglize Sainte-Croix d'Orleans.* — Dess. lavé à l'encre de Chine. L. 0,520, h. 0,370.

36. Veue d'une partie des ruines de l'intérieur de l'eglise de Sainte-Croix d'Orleans en 1623. — (Dessin en deux parties, on lit à droite, sur divers points :) *Prospect de la porte du cloistre de l'eglize Sainte-Croix d'Orleans, du costé du midi, avec l'as-pet des ruines, au desus et aullour ladicte porte prenant l'aspet du dedans de ladicte eglize. Faict le 20 apvril 1623.* (Plus bas, sur un pan de mur :) *Ruines demolies pour bastir la croisée de Sainte-Croix d'Orleans. Du 20 apvril 1623.* (Plus à gauche :) *Pilliers neufs de la croix de l'eglize.* (Dans le dessin de gauche on lit :) *Cest aspet regarde l'occident. Chambre des contes. Chapitre. Du 21 apvril 1623.* — Dess. à la pl. lavé d'encre de Chine. L. 0,560, h. 0,420.

37. Veue de la maison de la Brillière[2] (*sic*) en 1621. — *La*

1. Le comte de Cheverny était alors Henry Hurault, lieutenant général au gouvernement d'Orléans, né en 1575, mort en 1648.

2. Le lieutenant général dont il est fait mention ici était François de Beauhar-

Grillière, 1621. (En haut, au crayon :) *La Grillière, 20 juing 1621, proche d'Orleans, à M. le lieutenant général.* — Dess. à la pl. lavé. L. 0,360, h. 235.

, 38. Veue de la maison de la Brillière, proche d'Orleans, en 1621. — *La Grillière, maison champestre, proche d'Orleans, à M. le lieutenant general, le 22 juing* 1621. — Dess. à la pl. lavé. L. 0,360, h. 0,235.

. 39. Autre veue de la maison de Fromente[1], en 1619, à Flecheres, près de Lyon (voyez ci-après n° 126). — *A M^r La Fromente, à Flecheres,* 1619. — Crayon lavé à l'encre de Chine. L. 0,540, h. 0,390.

, 40. Veue de la maison de Fromente, en 1619, près de Lyon. — *De la maison de M^r La Fromente,* 1619. — Dess. au crayon lavé à l'encre de Chine. L. 0,365, h. 0,240.

, 41. Veue du chateau de la Source, proche d'Orléans. — *Le chateau de M. de la Source* (sic) *de Loiret, proche d'Orleans.* — Dess. au crayon lavé à l'encre de Chine. L. 0,370, h. 0,260.

. 42. Veue de la ville de Bourges. — *Aspet de la ville de Bourges, retournant de Lassenet* (Lazenay?). — Dess. au crayon lavé. L. 0,485, h. 0,320.

. 43. Veue de l'eglise de Saint-Etienne de Bourges. — *Eglize Saint-Estienne de Bourges.* — Dess. au crayon lavé. L. 0,445, h. 0,335.

. 44. Veue de l'intérieur de l'eglise de Saint-Estienne de Bourges. — *De l'eglize Saint-Estienne de Bourges.* — Croquis informe au crayon. L. 0,295, h. 0,450.

. 45. Veue de la croupe de l'eglise de Saint-Estienne de Bourges. — *Crouppe de l'eglize de Saint-Estienne de Bourges.* — Crayon lavé à l'encre de Chine. L. 0,435, h. 0,310.

, 46. Veue de la Sainte-Chapelle du palais de Bourges. — *La Sainte-Chapelle et palaix de Bourges.* — Crayon lavé. L. 0,420, h. 0,290.

. 47. Veue d'une partie du college de Bourges. — *Du college de Bourges.* — Crayon lavé à l'encre de Chine. L. 0,420, h. 0,325.

---

nois, sieur de Villechauve et de la Grillière, lieutenant général au bailliage et présidial d'Orléans, de 1595 à 1635.

1. La maison ici désignée était à Fléchères; elle appartenait à l'un des membres de la célèbre famille lyonnaise des Sève, nommé Jean, et qui était seigneur de Fromentes et de Villette.

48. Veue de la maison des Champs, du collège de Bourges. — *Maison des Champs, du collège de Bourges, appelé l'Aze-net.* — Crayon lavé. L. 0,492, h. 0,320.

49. Veue de la ville de Nevers. — *De la ville de Nevers.* — Croquis lavé. L. 0,555, h. 0,390.

50. Veue de l'eglise, du palais et de la place ducale de Nevers. — *Esglize, palaix et place ducale de Nevers.* — Croquis au crayon lavé à l'encre de Chine. L. 0,490, h. 0,330.

51. Veue du college de Nevers. — *Du college de Nevers.* — Croquis au crayon lavé. D. 0,410, h. 0,280.

52. Veue d'une partie du college de Nevers. — *Partie du college de Nevers.* — Croquis lavé. L. 0,380, h. 0,260.

53. Veue de Saint-Antoine du college de Nevers. — *Saint-Antoine du college de Nevers.* — Croquis lavé. L. 0,415, h. 0,290.

54. Veue du palais du duc de Nevers. — *Palais du duc de Nevers.* — Croquis au crayon lavé à l'encre de Chine. L. 0,421, h. 0,302.

55. Veue de l'église des Minimes de Nevers. — *Eglize des R^ds P. minimes de Nevers.* — Crayon lavé. L. 0,400, h. 0,290.

56. Autre (*sic*) veue du batiment de l'eglise du college de Dijon, le 15 janvier 1614. — *1614, 15 janu.* — Dess. à la pl. lavé de bleu. L. 0,535, h. 0,400.

57. Veue de la ville de Dijon. — *La ville de Dijon en Bour-gongne.* — Dess. à la pl. lavé de bleu (deux vues différentes). L. 0,556, h. 0,400.

58. Veue de la ville de Dijon, le 17 août 1611. — *Urbs Divio-nensis, 17 augusti 1611. Septentrio.* — Dess. à la pl. lavé de bleu. L. 0,525, h. 0,380.

59. Veue de la maison du roi à Dijon. — *Maison du roi à Dijon.* — Dess. à la pl. lavé de bleu et de bistre. L. 0,545, h. 0,390.

60. Veue de l'eglise de Saint-Michel de Dijon, le 29 septembre 1615. — *Anno 1615, 29 septembris Diuioni. L'eglize Saint-Michel.* — Dess. à la pl. lavé de bleu. L. 0,555, h. 0,394.

61. Autre veue du collège de Dijon, le 22 septembre 1610. — *Prospectus areæ collegii Divionensis anno 1610, 22 sep-tembris.* — Dess. à la pl. lavé de bleu. L. 0,535, h. 0,390.

62. Veue de l'eglise de Notre-Dame de Dijon, en 1610. —

Eglize de Nostre-Dame de Dijon, 1610. — Dess. à la sanguine. L. 0,550, h. 0,395.

• 63. Veue du college de Dijon, en 1611. — *Area collegii Divionensis, 1611 mense Augusti.* — Dess. à la pl. lavé de bleu. L. 0,535, h. 0,390.

• 64. Veue du college de Dijon. — *Aspet du college de Dijon.* — Dess. au crayon. L. 0,520, h. 0,390.

• 65. Veue de la maison des Chartreux, de Dijon. — *Les chartreux de Dijon.* — Dess. à la pl. lavé de bleu. L. 0,530, h. 0,390.

• 66. Veue de Sainte-Applume[1] (*sic*), 19 (*sic*) septembre 1610. — *29 septembre* 1610. *Saint-Applume* (sic), *à M. Tabourot.* — Dess. à la pl. lavé de bleu. L. 0,530, h. 380.

• 67. Veue du batiment de l'eglise du college de Dijon, en 1610. — 1610. *Prospectus ecclesie coll. Divionensis et progressus edificii ejusdem anno* 1610, 23 *septembris.* — Dess. à la pl. lavé au bleu. L. 0,520, h. 0,392.

• 68. Veue de Saint-Apollinaire, le 29 septembre 1610. — *S. Apolinaris*, 29 *septembris* 1610. — Dess. à la pl. lavé de bleu. L. 0,525, h. 0,380.

• 69. Veue du chateau d'Argigly (*sic*), le 18 juillet 1611. — *Argigli*, 18 *julii* 1611. — Dess. à la pl. lavé de bleu. L. 0,385, h. 0,250.

• 70. Veue de la baronnie de Gentilli[2], en 1611. — *La baronnie de Gentilli, appartenant au college de Dijon, en Bourgongne,* 1611. 20 *Julii* 1611. — Dess. à la pl. lavé de bleu. L. 0,395, h. 0,260.

• 71. Veue de la baronnie de Gentilli, le 18 juillet 1611. — 18 *jullii* 1611. *Gentilli.* — Dess. à la pl. lavé de bleu. L. 0,390, h. 0,260.

• 72. Veue de la maison champestre du college de Clermont, en 1638, à Gentilli, près Paris. — *Aspet de la maison champetre du college de Clairmond* (sic), *à Gentilli,* 1638. (Et de l'autre

---

1. *Saint-Applumé, Epleumay* en patois bourguignon ; c'est Saint-Appollinaire, arrondissement et canton de Dijon, où Étienne Tabourot, sieur des Accords, possédait l'ancien château fort.

2. Ce doit être Antilly et non Gentilly. Antilly est dans la commune d'Argilly. D'ailleurs, le dessinateur qui était à Argilly le 18 juillet eût eu peine à se trouver le même jour à Gentilly. Antilly, au contraire, était à quelques pas.

côté, au crayon :) *Domus recreationis collegii Parisiensis à Gentilli, 28 augusti* 1639. — Dess. au crayon lavé d'encre de Chine. L. 0,540, h. 0,390.

73. Veue d'une grange ruinée par le vent le 21 mars 1616, (au crayon :) sur le chemin de Seurre à Dijon. — (Au dos :) *Grange ruinée par l'orage du vent au chemin de Surre à Dijon.* (Au rº :) *le* 21 *mars* 1616. — Dess. à la pierre d'Italie. L. 0,400, h. 0,336.

74. Veue du bourg de Fontaine et de son esglise. — *Fontaine ou est nay S. Bernard proche à Dijon. A. Chateau. B. Eglize paroquiale.* — Dess. à la pl. lavé de bleu. L. 0,385, h. 0,243.

75. Veue du bourg de Fontaine, le 21 septembre 1611. — *Fontaine, lieu de la naissance de saint Bernard,* 21 *septembre* 1611. — Dessin à la pl. lavé de bleu. L. 0,540, h. 0,380.

76. Veue du cloitre de l'abaye de Cîteaux, en 1613. — *Cloistre de l'abbaie de Citeaux,* 1613. — 14 *janu.* 1613. *De l'esglise et cloistre de l'abbaie de Cyteaux.* — Dess. à la sanguine. L. 0,445, h. 0,355.

77. Veue d'une partie du college de Bezançon. — *Pars ecclesiæ collegii Bizuntini societatis Jesu. Reliquii pars prospectus urbis anno* 1610 *mense februarii.* — Dess. à la pl. lavé de bleu. L. 0,552, h. 0,400.

78. Veue de la ville de Favernay, en 1617. — *Fauvernay, ou est arrivé le miracle du saint-sacrement,* 1617 (mais au crayon on lit :) 7 *maii* 1613 (*sic*). — Dess. au crayon lavé à l'encre de Chine. L. 0,380, h. 0,242.

79. Veue de la ville de Dole. — *Aspet de la ville de Dole au conté de Bourgongne.* — Dess. au crayon lavé à l'encre de Chine. L. 0,530, h. 0,370.

80. Veue de Jounolle (*sic*), au comté de Bourgongne. — *Jonvelle au conté de Bourgongne ou la compagnie a un prioré.* — Dess. au crayon lavé d'encre de Chine. L. 0,550, h. 0,380.

81. Veue de l'eglise du college de Dole, en 1610. — *L'eglize du college de Dole et logis jongnant icelle. Faict à Dole, en janvier* 1610. — Dess. à la pl. lavé de bleu. L. 0,401, h. 0,300.

82. Veue d'une partie du college de Dole, le 10 janvier 1610. — *Du college de Dole. Le* 18 *janvier* 1610 *à Dole. Partie*

du college de Dole. — Dess. à la pl. lavé de bleu. L. 0,545, h. 0,390.

‹ 83. Veues de la ville de Bellegarde, le 7 septembre 1611. — *De la ville de Surre-sur-Saulne, aultrement Bellegarde, 7 septembre* 1611. *Surre-sur-Saulne,* 1611. *Surre,* 4 *septembris* 1611. — Dess. à la pl. L. 0,540. h. 0,370.

• 84. Veue de Bellegarde, le 3 février 1613. — *Surre ou Bellegarde, 3 feb.* 1613. *Sône rivière.* — Dess. à la pl. lavé d'encre de Chine. L. 0,415, h. 0,260.

, 85. Veue de Bellegarde, le 8 février 1613. — *Surre ou Bellegarde, 8 febvrier* 1613. — Dess. à la pl. lavé d'encre. L. 0,410, h. 0,270.

، 86. *Sur le chemin de Bourgongne, sur la Sone.* —Dess. à la pl. lavé d'encre de Chine. L. 0,395, h. 0,250.

، 87. Veue de l'abaye de Tournus, sur la Saonne. — *L'abaie de Tournus sur la Saune.* — Dess. à la pl. lavé d'encre de Chine. L. 0,405, h. 0,259.

، 88. (Tournus?) — Dess. à la pl. lavé d'encre de Chine. L. 0,401, h. 0,250.

‹ 89. Carte du parcours de l'artiste identique aux numéros 1 et 91.

‹ 90. Autre (*sic*) veue de la ville de Roanne, le 16 may 1610. — *Roanne, le* 16 *may* 1610. — Dess. à la pl. lavé de bleu et d'encre. L. 0,540, h. 0,390.

IIe VOLUME (TITRE DE 1717, GRAVÉ).

91. Carte identique aux numéros 1 et 89.

92. Veue d'un ancien arc de triomphe à Autun, en 1611. — *Arc triomphal à Authun, en Bourgongne,* 1611. *Septimo maii* 1611. — Dess. à la pl. lavé de bleu. L. 0,529, h. 0,381.

93. Veue d'un arc de triomphe à Autun, le 31 de may 1611. — *Arc trionphal à Authun, en Bourgongne. Septimo maii* 1611. — Dess. à la pl. lavé de bleu. L. 0,515, h. 0,365.

94. Veue du chateau de Monjeu, près d'Autun, le 16 may 1611. — *Maison de M. le président Janin, proche d'Autun, dicte Monjeu.* 1611. — Dess. à la pl. lavé de bleu. L. 0,554, h. 0,395.

95. Veue du chateau de Monjeu, près d'Autun. — 6 *may* 1611.

Domus domini presidentis Jannin à Montjeu. — Dess. à la pl. lavé de bleu. L. 0,545, h. 0,385.

96. Autre veue de Moulins, en Bourbonnois. — *De la ville de Molins, en Bourbonnois.* — Dess. à la pl. lavé de sépia. L. 0,385, h. 0,250.

97. Veue de Moulins, en Bourbonnois. — *Molins, en Bourbonnois.* — Dess. à la pl. lavé de sépia. L. 0,390, h. 0,255.

98. Veue de la maison de Posculi (*sic*), du college de Moulins. — *La maison de Poseulz du college de Molins.* — Dess. au crayon lavé d'encre. L. 0,360, h. 0,240.

99. Veue de la ville de Roanne, le 10 may 1610. — *Rouanne, 1610, le 10 may.* — Dess. à la pl. lavé de bleu. L. 0,535, h. 0,394.

100. Autre veue de la ville de Roanne, le 13 may 1610. — *Roannæ 13 may 1610; occidens.* — Dess. à pl. lavé de bleu. L. 0,515, h. 0,375.

101. 5ᵉ veue (*sic*) du batiment de l'eglise du college de Roanne, le 31 de décembre 1620. — *Cinquiesme année de la batisse de l'eglize du college de Roanne, ultimo decembris 1620.* (Au crayon :) *Achevé le 7 juillet 1637.* — Dess. au crayon lavé d'encre de Chine. L. 0,574, h. 0,395.

102. 1ʳᵉ veue du batiment de l'eglise du college de Roanne, le 16 décembre 1617. — *Premiere année de la batisse de l'eglize du college de Roanne. Ecclesia collegii Roannensis 16 decembris 1617.* — Dess. à la pl. lavé. L. 0,525, h. 0,385.

103. 2ᵉ veue du batiment de l'eglise du college de Roanne. — *Ecclesia collegii Roannensis 29 augusti 1618, seconde année de la batisse.* — Dess. à la pl. lavé d'encre de Chine. L. 0,512, h. 0,377.

104. 3ᵉ veue du batiment de l'eglise du college de Roanne. — *Ecclesia collegii Roannensis societatis Jesu 5 augusti 1619, troisiesme année de la batisse.* — Dess. à la pl. lavé d'encre de Chine. L. 0,530, h. 0,390.

105. 4ᵉ veue du batiment de l'eglise du college de Roanne. — *Quatricsme année de la batisse. Eglize de Roanne.* (Au crayon :) *8 juillet* 1637. — Dess. au crayon lavé d'encre de Chine. L. 0,555, h. 0,400.

106. Autre (*sic*) veue de l'abaye de la Benissons-Dieu, en 1618. — *L'abbaie de la Benisson-Dieu, proche de Roanne,*

1618. (Sur le puits :) 25 *junii* 1618. — Dess. à la pl. lavé d'encre. L. 0,490, h. 0,350.

— 107. Autre veue de l'abaye de la Bénissons-Dieu, le 25 juin 1618. — *L'abbaie de la Bénissons-Dieu*, 25 *junii* 1618. — Dess. à la pl. lavé d'encre. L. 0,515, h. 0,360.

— 108. Veue de l'abaye de la Bénissons-Dieu, le 25 juin 1618. — *L'abbaie de la Benissons-Dieu*, 25 *junii* 1618. — Dess. à la pl. lavé d'encre de Chine. L. 0,510, h. 0,370.

— 109. Veue du monastere de Beaulieu, près de Roanne, le 17 novembre 1617. — *Monasterium monialium S. Benedicti prope Roannam vulgo Beaulieu*, 1617, 17 *novembris*. — Dess. à la pl. lavé d'encre. L. 0,542, h. 0,386. (Au verso de ce dessin se trouvent trois têtes de femmes à la sanguine.)

— 110. Veue du prieuré de Riorges, du college de Roanne, le 11 mai 1610. — *Le* 11 *may* 1610. *Le prioré de Riorges, du college de Roanne.* — Dess. à la pl. lavé de bleu. L. 0,380, h. 0,245.

— 111. Veues du college de Roanne. — (1re vue :) *Du college de Roanne. Ad occidentem versus.* 1610. (2e vue :) *Du college de Roanne. Ad orientem versus. Ultimo decembris* 1610. — Deux dess. à la pl. lavés de bleu. L. 0,250, h. 0,170 (chacun).

— 112. Veue du college de Roanne. — *Du college de Roanne.* — Dess. à la pl. lavé de bleu. L. 0,250, h. 0,171.

— 113. Veue de la maison de Chenevoux[1]. — *Perspective de la maison de Mr de Chenevoux, à Roanne, pour une résidence de la compagnie de Jésus*, 1611 (vue à vol d'oiseau avec de nombreuses indications manuscrites). — Dess. à la pl. lavé de bleu. L. 0,255, h. 0,360.

— 114. Veue du prieuré du college de Roanne, le 16 octobre 1617. — *Prioratus collegii Ronnensis de Riorges*, 16 *octobris* 1617. — Dess. à la pl. lavé d'encre de Chine. L. 0,540, h. 0,390.

— 115. Veue de l'eglise de Cluni, le 22 septembre 1617. — *L'eglize de Cluni*, 1617, 22 *septembre*. — Dess. à la pl. lavé d'encre de Chine. L. 0,545, h. 0,395.

— 116. Veue de la ville de Macon, le 6 d'octobre 1618. — *Mas-*

---

1. Ce petit château était venu aux Coton par le mariage de Philiberte Champrond avec Guichard Coton, châtelain de Néronde, en 1569. Jacques Coton le donna aux Jésuites en 1611, mais ceux-ci y étaient installés dès 1610.

con, 6 *octobre* 1618. — Dess. au crayon lavé d'encre. L. 0,544, haut. 0,395.

117. (Sans indications, mais probablement la colline de Fourvières, à Lyon.) — Croquis au crayon. L. 0,465, h. 0,345.

118. Veue du sepulcre des deux amants, à Lyon, le 2 février 1619. — *Sepulcre des deux amantz, à Lion, 2 febvrier* 1619. — Dess. au crayon lavé d'encre. L. 0,270, h. 0,400.

119. Veue de la maison des Carmélites, à Lyon. — *Maison des Carmélites, à Lion,* 1616. *En apvril* 1616. — Dess. à la pl. lavé de bleu. L. 0,408, h. 0,265.

120. Veue de l'eglise des Chartreux de Lyon. — *Eglize des P. Chartreux, à Lion.* — Dess. à la sanguine. L. 0,420, h. 0,283.

121. Veue de l'abaye de Notre-Dame de l'Isle-Barbe, près de Lyon. — *L'abbaie de Nostre Dame de l'Yle, proche à Lion,* 1616. 30 *maii* 1618 (*sic*). *Ecclesia sancti Lupi episcopi in insula Barbara prope Lugdunum.* — Dess. à la plume lavé d'encre. L. 0,555, h. 0,400.

122. Veue de Notre Dame de Lyle, le 6 octobre 1609. — *Notre Dame de l'Yle, le 6 octobre* 1609. — Dess. à la pl. lavé de bleu. L. 0,250, h. 0,165.

123. Veue de l'Isle-Barbe, près de Lyon, le 10 juillet 1637. — *Aspet de lysle Barbe, proche Lion, achevé le* 10 *juillet* 1637. — Dess. au crayon lavé d'encre. L. 0,540, h. 0,390.

124. Veue de l'Isle-Barbe, le 12 juin 1618. — *Insula Barbara prope Lugdunum,* 12 *juin* 1618. — Dess. au crayon lavé d'encre de Chine. L. 0,555, h. 0,400.

125. Veue de Notre Dame de l'Isle Barbe, proche Lyon, en 1608. — *Notre Dame de l'yle, proche de Lion. Nostre Dame de lysle Barbe, proche de Lion.* 1608. — Dess. à la pl. lavé de bleu. L. 0,355, h. 0,222.

126. Veue de la maison de Fromente, près de Lyon. — *Aspet de la maison de M. la Fromente, proche̅ Lion* (voy. ci-devant n⁰ˢ 39 et 40). — Dess. à la pl. lavé d'encre. L. 0,550, h. 0,390.

127. Veue de Montbrison en Forès, le 10 janvier 1611. — *Montbrison en Forest.* 10 *januarii* 1611. — Dess. à la pl. lavé de bleu. L. 0,530, h. 0,380.

128. Veue de la Bastie d'Urfé en Forès. — *La Bastie d'Urfé*

en Forest. — Dess. à la pl. lavé d'encre de Chine. L. 0,553, h. 0,405.

— 129. Veue de Nerondes, lieu de la naissance du P. Coton. — *Nerondes, lieu de la naissance du R. P. Coton.* — Dess. au crayon lavé d'encre. L. 0,400, h. 0,250.

— 130. Veue de la ville de Vienne, le 11 juillet 1606. — *Vienne, 11 julii* 1606. — Dess. à la pl. lavé de bleu. L. 0,575, h. 0,420.

— 131. Veue de la ville de Vienne, en Dauphiné, le 20 janvier 1619. — *De Vienne en Dauphiné, 1619, 20 janvier. 20 januarii* 1619. *Viennæ.* — Dess. à la pl. lavé d'encre de Chine. L. 0,540, h. 0,390.

— 132. Veue d'une partie de la ville de Vienne, en Dauphiné, le 20 janvier 1619. — *Viennæ, 20 januarii* 1619. — Dess. à la pl. lavé d'encre de Chine. L. 0,526, h. 0,385.

— 133. Veue de la pyramide de Vienne, en Dauphiné. — *De la pyramide de Vienne, en Daufiné.* — Croquis à la sanguine. L. 0,395, h. 0,264.

— 134. Veue de la pyramide de Vienne, en Dauphiné, le 20 janvier 1619. — *Viennæ, 1619, 20 januarii.* — Dess. à la pl. lavé d'encre. L. 0,250, h. 0,390.

— 135. Veue de la ville du Puy en Velay, en 1607. — *Aspet de la ville du Puy en Velay. 29 apvril. Le Puy en Velay,* 1607. — Dess. à la pl. lavé de sépia. L. 0,550, h. 0,395.

— 136. Veue de l'aiguille de saint Michel, proche la ville du Puy. — *L'eguillie saint Michel, proche la ville du Puy en Velay.* — Croquis à la pl. lavé de bleu. L. 0,190, h. 0,275.

— 137. Veue de la ville du Puy, en 1611, le 19 janvier. — *De la ville du Puy. 19 janvier* 1611. — Dess. à la pl. lavé de bleu. L. 0,545, h. 0,395.

— 138. Veue de la ville du Puy, le 1er 1607. — *Anicium, 1° maii* 1607. — Dess. à la pl. lavé d'encre de Chine. L. 0,555, h. 0,390.

— 139. Veue du batiment de l'eglise collégiale (*sic*) du Puy, le 28 fevrier 1617. — *Prospectus ecclesiæ collegii Aniciensis, 28 febr.* 1617, *dum ecclesia ædificatur.* — Dess. à la pl. lavé d'encre de Chine. L. 0,545, h. 0,410.

— 140. Veue d'une partie du college du Puy et de l'eglise de Nostre Dame, le 27 février 1617. — *Partie du college du Puy et de l'eglize de Nostre Dame. Anicii* 27 *februarii* 1617. — Dess. à la pl. lavé d'encre de Chine. L. 0,555, h. 0,400.

141. Veue du prieuré de Jonnelle (*sic*), le 8 d'août 1617. — 9 *augusti* 1617. *Prioratus Jonvelle collegii Dolani.* — Dess. à la pl. lavé d'encre. L. 0,545, h. 0,395.

142. Veue du chateau de Polignac, près la ville du Puy. — *Le chasteau de Polignac, proche la ville du Puy*, 24 *februarii* 1617. — Dess. à la pl. lavé d'encre. L. 0,545, h. 0,395.

143. Veue du (*sic*) Vesoul, du clos des Capucins. — *Aspet de Vesoul, du clos des Cappucins*, 1615. — Croquis au crayon lavé d'encre. L. 0,545, h. 0,370.

144. Veue de la ville de Chambéry, capitale de Savoie, en 1618. — *La ville de Chambery, capitale de Savoie*, 1618. — Dess. à la pl. lavé d'encre de Chine. L. 0,535, h. 0,385.

145. Veue de la ville de Chambéry, en Savoie, le 24 janvier (*sic*) 1618. — *La ville de Chambery, en Savoie*, 14 *janvier* 1618. — Dess. à la pl. lavé d'encre de Chine. L. 0,545, h. 0,400.

146. Veue du prieuré de Saint-Philipe, du college de Chambéry. — *Prioratus sancti Philipi collegii Camberiensis*, 3 *februarii* 1618. — Dess. à la pl. lavé d'encre. L. 0,530, h. 0,390.

147. Veue du prieuré de Saint-Philipe, du college de Chambery. — *Prieuré de S. Philippe, du college de Chambery.* 3 *februarii* 1618. *Prioratus collegii Camberiensis sancti Philipi.* — Dess. à la pl. lavé d'encre. L. 0,530, h. 0,400.

148. Veue du prieuré de Bourgel en Chambery, le 20 janvier (*sic*) 1618. — *Le Bourgel, proche à Chambery*, 1618, *le* 10 *janvier. Ce prioré appartient au college de Chambery.* — Dess. à la pl. lavé d'encre de Chine. L. 0,545, h. 0,390.

149. Veue du prieuré de Borgel, du college de Chambery, en 1618, le 20 janvier. — *Prioratus Borgeli collegii Camberiensis*, 1618, 20 *januarii.* — Dess. à la pl. lavé d'encre de Chine. L. 0,535, h. 0,395.

150. Veue du prieuré de Saint-Philipe, du college de Chambery, en 1618. — *Prioré de S. Philippe, du college de Chambery*, 1618. — Dess. à la pl. lavé d'encre. L. 0,540, h. 0,390.

151. Veue de l'abaye de Boscodon, près d'Embrun, 1606. — *L'abaie de Boscodon, près d'Embrun*, 18 *octobris* 1606. — Dess. à la pl. lavé de bleu. — Dess. à la pl. lavé de bleu. L. 0,390, h. 0,260.

152. Plan du prieuré de Notre-Dame des Baumes[1], près d'Embrun, en 1605. — *Ichnographie ou plan du prioré de Nostre Dame des Baulmes, près d'Embrum, en juing 1605, auquel soubz le plainpied du présent plan sont les caves tout autour.* — Dess. à la pl. lavé. L. 0,420, h. 0,287.

153. Veue d'une partie de Sisteron, en Provence. — *Aspet de Sisteron, en Provence.* — Dess. à la pl. lavé de bleu. L. 0,545, h. 0,390.

154. Veue de la ville de Sisteron, en Provence, le 31 d'août 1608. — *Aspet de la ville de Sisteron, en Provence, ultimo augusti*, 1608. — Dess. à la pl. lavé de bleu. L. 0,545, h. 0,400.

155. Veue de Sisteron, en Provence, en 1606. — *Sisteron en Provance*, 1606. — Dess. à la pl. lavé de bleu. L. 0,345, h. 0,395.

156. Veue de Sisteron, en Provence. — *Sisteron en Provence.* — Dess. à la pl. lavé de bleu. L. 0,545, h. 0,390.

157. Veue de Sisteron et du college commencé. — *Sisteron et commencementz du college.* — Dess. à la pl. lavé de bleu. L. 0,545, h. 0,390.

158 et 159. Autre veue de Sisteron. — *Sisteron.* — (Au v° :) Veue de Sisteron en Provence. — *Sisteron en Provence.* — Deux dess. à la pl. lavés de bleu. L. 0,412, h. 0,265.

160. Veue de Monfrin, en Provence, en 1609. — *Monfrin en Provence*, 1609. — Dess. à la pl. lavé de bleu. L. 0,360, h. 0,250.

161. Veues de la ville de Carpentras. — (En haut :) *Ville de Carpentras.* (En bas :) *Carpentras au conté Venessin.* — Dess. à la pl. lavé d'encre de Chine. L. 0,555, h. 0,380.

162. Veue de la ville de Caron, près de Carpentras, le 9 juillet 1607. — *La ville de Caron, proche de Carpentras, le 9 juillet* 1607. — Dess. à la pl. lavé d'encre. L. 0,390, h. 0,255.

163. Veue de la Quantine de Carpentras. — *La Quantine, proche de Carpentras, appartenant au college d'Avignon, dépendent du prioré de Pernes.* — Dess. à la pl. lavé de sépia. L. 0,432, h. 0,317.

---

1. C'est la seule vue du recueil accompagnée d'un plan. L'écriture et le dessin sont semblables à ceux des plans signés de Martellange conservés dans les recueils des Jésuites, du département des Estampes.

164. Veue du théâtre d'Orange. — *Le théâtre d'Orange.* — Dess. à la pl. lavé d'encre de Chine. L. 0,520, h. 0,385.

165. Veue de la ville d'Avignon[1] et des environs. — *De la ville d'Avignon et par delà.* — Dess. à la pl. lavé d'encre de Chine. L. 0,560, h. 0,397.

166. Veue d'un château près d'Avignon, en 1608. — *Maison proche d'Avignon, appartenant à M. le cardinal de Joieuse. 1608, en septembre.* — Dess. à la pl. lavé de bleu. L. 0,527, h. 0,380.

167. Veue de Metannes (*sic*), prieuré du collège d'Avignon, en 1608. — *Metamies, prioré du college d'Avignon. 1608.* — Dess. à la pl. lavé de bleu. L. 0,355, h. 0,240.

168. Veue de la vigne du noviciat d'Avignon. — *La vigne du novitial d'Avignon à Saint-Laurens.* — Croquis à la pl. lavé. L. 0,385, h. 0,250.

169. Veue du château de Lair, sur le Rone, près d'Avignon, le 17 octobre 1616. — *Le chasteau de Lair (?) sur le Rosne, proche d'Avignon, le 17 octobre 1616.* — Dess. à la pl. lavé. L. 0,265, h. 0,165.

170. Veue des vestiges de l'eglise du Noviciat d'Avignon. — *Vestige de l'eglize du novicial d'Avignon, lorsqu'on la batissoit.* — Dess. à la pl. lavé de bleu. L. 0,585, h. 0,400.

171. Veue d'une partie du collège d'Avignon[2], en 1617, le 3 de janvier. — *Partie du collège d'Avignon, 1617. 1617, 3 janvier.* — Dess. à la pl. lavé d'encre. L. 0,550, h. 0,390.

172. Veue de la ville d'Avignon, le 29 d'août 1609. — *Aspet de la ville d'Avignon, 29 augusti 1609.* — Dess. à la pl. lavé d'encre. L. 0,550, h. 0,390.

173. Veue de la ville d'Avignon, en 1608. — *1608 en aoust. De la ville d'Avignon. A. Tour du collège.* — Dess. à la pl. lavé de bleu. L. 0,550, h. 0,390.

174. Veue de l'eveché de Beziers, le 22 novembre 1616. — *Aspet de l'eveché de Beziers, 22 novembris 1616.* — Dess. à la pl. lavé de bleu. L. 0,535, h. 0,390.

---

1. Il y a deux vues arrachées à ce recueil Ub. 9 a, et actuellement classées à la topographie de la France, VAUCLUSE, Avignon. Toutes deux sont de Martellange, et représentent l'une une vue générale, l'autre une vue d'une partie du collège en 1617.

2. Voir la note ci-dessus.

Nogent-le-Rotrou, imprimerie Daupeley-Gouverneur.